밍키

밍키

최아현 소설

교유서가

차례

아침 대화

아무것도 믿을 수 없었다. 신호등의 빨간불도 무시하고 달렸다. 딸아이가 그런 짓을 했다는 사실을 믿을 수 없었다. 내 눈으로 확인하기 전까지는 아무것도. 그 아이가 그런 짓을 저질렀다고 말을 해서는 안 될 일이었다. 당장 오늘 아침에도 알람 설정을 잊는 실수를 하지 않았던가. 들이받듯 편의점 문을 열어젖혔다.

"사장님, 무슨 일 있으세요?"

아르바이트생 다이가 인사를 건네는 소리를 들었지만 대꾸할 정신이 아니었다.

"별일 아냐."

사실은 별일이었고 아주 큰일이었다. 지진이 난 것처럼 땅이 흔들리고 하늘이 노랗게 변하는 것 같았다.

빠르게 계산대 뒤로 가서 지난주 CCTV를 확인했다. 이로 손톱을 오도독 물어뜯는 소리가 났다. 어릴 때 엄마에게 혼쭐 나며 고친 습관이었는데 의식하지 못하는 사이에 튀어나왔다. 내가 편의점을 나서는 모습이 화면에 잡힐 때쯤 다이가 들어 왔다.

다이를 보며 딸의 일이 다이 때문인지도 모른다는 생각이 들었다. 그래. 말도 잘 듣고 모난 곳 없이 자라던 딸아이가 비 행 따위 저지를 리 없어. 아주 잠깐이지만 평화가 찾아왔다. 일 의 시작은 건빵 때문이었다. 아니, 그냥 건빵이라고 생각하고 싶었다.

자명종소리가 집 안 가득 울려퍼졌다. 매일 듣는 익숙한 소 리지만 가끔 듣기 싫을 때가 있다. 팔을 뻗어 핸드폰을 찾아 알 람을 껐다. 그래도 이 소리에 깼으니 아직 내가 살아 있다는 뜻 이었다. 다시 일주일이 시작되었다. 이번 한 주도 바쁘게 살아 야겠다는 생각이 들었다. 몸이 찌뿌듯했다. 비가 오는 모양이 었다. 눈을 비비며 커튼을 열었다. 하늘은 어제와 다르지 않았 다. 비가 내린 흔적도 없었다. 한기 가득한 바람이 방 안에 휘 돌았다. 이불을 개며 어제 몸 쓰는 일을 했었나 하고 생각했다. 딱히 다르지 않은 하루였다는 결론을 얻은 뒤 이내 방에서 나 갔다. 더 있다가는 딸아이의 아침을 챙기지 못할 것 같았다. 뜬 금없이 어제와 다른 몸 상태에 서러웠다. 늙긴 늙었나.

딸아이가 중학생 때 남편과 헤어졌다. 요즘 세상에 이혼 따위는 흉이 아니라고 했지만 신경쓰이지 않는 것도 아니었다. 승진되지 않는 회사를 그만두고 골목 어귀에 편의점을 차렸다. 사계절을 지내고 새로운 계절이 시작되고 있었다.

나는 젊음의 매 순간을 자리를 잡는 데 허비해왔는지도 모른다. 졸업과 취업, 아내와 엄마, 딸과 며느리……. 잡다한 추억 더듬기에 빠져 있는 나를 질책하듯 손에서 칼이 미끄러졌다. 이런 날이 거의 없었는데 결국 왼손 검지를 베이고 말았다. 툭. 작고 둥글게 맺힌 피 한 방울이 도마 위로 떨어졌다. 봐도, 봐도 익숙해지지 않는 검붉은 피는 금세 속을 메스껍게 했다. 딸아이의 아침을 차려줄 만큼은 썰어둔 것이 다행이라고 생각했다. 마침 식탁에 앉은 딸아이 앞에 접시를 내려놓았다.

"드레싱은 뭐로 줄까?"

"그냥 엄마 먹던 거 먹을게요."

냉장고 문을 열고 서성이다 참깨 드레싱을 꺼냈다. 접시 위로 흐르는 드레싱을 물끄러미 보던 딸아이가 "엄마 다쳤어요?"라고 물었다. 드레싱을 달라던 목소리와 별반 다르지 않은, 감정 변화 하나 없는 말투였다.

"양배추 썰다가."

"조심해요."

딸아이의 말을 진심어린 걱정으로 듣는다. 상투적인 말투로 으레 예의처럼 건네는 말이라고 생각하고 싶지 않았다. 가족의 끈끈한 사랑 같은 것은 상투적인 어투여도 좋다. 오가는 말이 있다는 것은 여전히 가족애를 주고받고 있다는 증거다. 오히려 딸아이와 대화가 없어지는 것이 두려웠다. 모든 관계는 대체로 대화가 없을 때 끝이 난다. 라디오에서는 오늘 날씨에 대해 떠들고 있었다.

아침 식탁에서 딸아이와 나는 꼭 매일 해야 하는 숙제가 있는 사람들처럼 대화를 이어갔다.

"학원 빼먹지 말고."

"알아요."

"딴짓하지 말고, 학원 차 놓치지 않게 미리 가서 기다리고, 이상한 애들하고 놀지 말고. 엄마 말, 무슨 말인지 알지?"

"네. 근데 엄마, 이 이야기 한 달째 하는 거 아시죠?"

"괜히 복잡한 일에 휘말리지 말고. 요즘 세상이 워낙 흉흉해서 잘못이 없어도 운이 나쁘면 잘못한 게 되기도 하니까."

손을 두어 번 흔들어주는 것으로 딸아이와의 아침이 끝났다. 입맛이 없었는지 샐러드를 반이나 남긴 딸아이는 뒤도 돌아보지 않고 집을 나섰다. 그렇게 느리게 걸을 거면 한 번쯤 돌아볼 법도 한데, 고등학교에 입학한 뒤로는 그런 날이 거의 없었다. 가끔 딸아이가 놓고 가는 것이 있는 날에나 돌아서 다시 챙겨가곤 했다. 무언가 마음에 들지 않는 것이 있어 보였는데 그것이 무엇인지 물어볼 기회가 생기지 않았다.

우리 모녀가 이렇게 삭막한 사이는 아니었다. 딸아이가 초등학교 3학년이 되던 해, 우리는 전주 팔달로에서 촛불을 들곤 했다. 세상은 한참 먹을거리 문제로 어수선했다. 촛불을 든 사람들로 가득한 거리를 보며 딸아이가 물었다. 왜 사람들이 모두 촛불을 들고 있냐고.

나는 딸아이에게 불의는 참는 것이 아니라 맞서는 것이라고 가르쳤다. 그 말을 후회한 것은 딸아이가 중학교 3학년이 되었을 때였다. 딸아이는 나의 가르침을 토대로 촛불을 들고 걸었다. 하지만 모든 일에는 알맞은 시기가 있다. 딸아이에게 불의에 맞서야 한다는 말은 참았어야 했다. 어른이 되어서 행동해도 늦지 않는다고 말했어야 했다. 내 말을 잘 듣고 자라던 딸아이는 거리로 나갔다. 가만히 있으라는 피켓을 들고 기어이 가만히 있지 않았다.

그해 사람들이 많이 아프고 다쳤다. 내 딸아이도 그들 중 한 명이었다. 나는 딸아이가 더는 다치지 않도록 해야 했다. 엄마의 일이었고 책임이었다. 보호자로서의 책무를 다하지 못한 자괴감마저 들었다. 딸아이가 다치면 그 책임은 오롯이 나의 것이 된다. 여전히 엄마를 떠올리며 반지를 쓰다듬는 나는 결국 딸아이의 엄마가 되어버렸다. 나는 늘 생각했다. 나는 여전히 엄마 딸인데. 그러다 식탁을 보며 다시 곱씹었다. 나는 내 딸아이의 엄마인데. 아무도 나에게 엄마가 되는 법에 대해 가르쳐준 적이 없었다. 동시에 누구나 나에게 엄마가 되어야 한다고 했다.

나는 보호자로서 딸아이를 더 다치게 놔둘 수 없었다. 나는 딸아이를 바쁘게 만들기로 했다. 딸의 학원을 두 배로 늘렸다. 학교와 학원을 오가는 길은 항상 동행했다. 그쯤부터 아침식사에서 소란스럽던 아이의 재잘거림이 들리지 않았다. 딸아이가 남긴 샐러드를 씹으며 식탁을 정리했다. 혼자 남은 집에는 내가 움직이는 곳에서만 소리가 났다. 샐러드를 꾸역꾸역 먹었고 걸음마다 바스락거리는 소리가 났다. 그릇들이 달그락달그락 소리를 내며 부딪쳤다. 속이 메스껍고 더부룩한 느낌에 배를 살살 문지르며 변기에 앉았다. 시선이 내 속옷에 닿았고 나는 눈을 여러 번 깜빡였다.

가족이라곤 둘밖에 없는 집에 혼자 남으면 공기가 무겁게 느껴졌다. 세상에 덜렁 혼자 남겨진 기분. 혼자는 늘 낯설었다. 욕실에서 넘어졌을 때 아무도 도와주는 사람이 없으면 어쩌지. 위험한 순간에 세상 누구도 도와주지 못하는 곳은 혼자 남은 내 집뿐이었다. 딸아이에게 그런 일이 생기지 않도록 나는 오래도록 건강해야 한다. 내가 건강히 오래 살아야 할 이유는 그것이면 족했다.

엄마는 내가 스무 살 때 돌아가셨다. 새내기 대학생이던 나는 동아리며 학생운동 따위에 정신이 팔려 있었다. 늘 늦는 외동딸 때문에 엄마는 언제나 혼자였다. 엄마는 나의 늦은 귀가를 못마땅해했고 흙먼지를 묻히고 들어오는 내 손을 잡으며 내일은 학교가 끝나는 대로 빨리 오라고 말했다. 엄마는 항상 내 어깨에 묻은 흙먼지만 털었다. 대신 내 몸에서 나는 술과 담배 냄새는 모른 척했다. 계속해서 늦지 말라는 당부만 반복할 뿐 엄마는 꼭 후각을 잃은 사람처럼 행동했다. 마지막 한마디는 늘 똑같았다. 내가 아니어도 누군가는 할일이니 그만두라고. 그러나 무엇이 무서웠는지 말하지 않았다.

엄마는 끝난 줄 알았던 달거리를 다시 시작한다며 진통제를 사서 일찍 들어오라고 일렀다. 엄마를 평생토록 괴롭힌 것은 생리통이었다. 으레 달거리를 시작하면 배를 감싸고 있었기 때문에 나는 그날도 별일 아니라고 생각했다. 어김없이 흙먼지를 날리며 들어왔을 때 집은 꼭 나 혼자만 덜렁 남은 것처럼 조용했다. 엄마가 달려나와 손을 감싸 쥐든, 진통제를 찾든, 혹은 이제는 좀 그만하라며 윽박질렀어야 했다. 본능적으로 느껴지는 불안함에 집을 뒤졌다. 화장실 문을 열었을 때 엄마는 피를 잔뜩 쏟고 쓰러져 있었다. 달거리가 멈추었다며 지긋지긋한 배앓이를 안 해서 좋다던 엄마는 이제 공장을 닫는다고 했다. 여자구실은 이제 끝이라고 했다. 쓰러진 엄마를 보았을 때 나는 여자구실을 끝내고 공장을 닫는다는 것은 삶도 끝나버리는 것이라고 배워버렸다. 엄마가 쏟아내던 말이 머릿속에서 반복되었다. 다를 것 없는 하루였다. 곧이어 들어온 아빠가 엄마를 둘러업고 병원으로 내달렸고 머지않아 엄마는 나와, 생리통과 영영 이별했다.

그리고 나는 오늘 월경을 다시 시작했다.

여전히 몸은 피곤했고 오늘따라 하루가 조금씩 뒤틀린 기분이었다. 월요일이면 가는 마트에서 장을 본 뒤 묵직한 장바구니를 들고 들어오는 길. 손가락에서 다시 피가 났다. 상처가 아문 줄 알았는데 손가락에 힘을 주면서 상처가 다시 벌어진 모양이었다. 집에 도착하자마자 구급상자를 뒤져 반창고를 붙였다. 해가 빌딩 사이에 간당간당 걸릴 때가 되어서야 집안일을 마쳤다. 손가락의 피도 멎었다. 나이를 먹어가는 내내 혼자인 것에 익숙해지지 못하고 다시 모든 것이 느려지는 듯했다.

이런저런 감상에 젖어 있는 바람에 시간이 조금 늦어버렸다. 평소 같았으면 분주해서 정신이 하나도 없었겠지만 이제는 괜찮았다. 이 주 전부터 아르바이트생을 한 명 더 구했기 때문이다. 배가 사르르 아파왔다. 허리도 뻐근했다. 횡단보도에 선 나를 지탱하고 있는 다리에 힘이 절로 들어갔다. 아무래도 소화 기능까지 떨어진 모양이었다. 아침식사 이후 먹은 것이라곤 달걀 한 알이었는데 속이 더부룩했다. 도로와 횡단보도에는 차 한 대, 사람 한 명 지나가지 않았다. 하지만 근엄히 붉은빛을 밝히며 멈추라고 말하는 신호등 때문에 나는 그 건너편에 서 있었다. 젊은 남자 하나가 좌우를 살폈다. 빨간불을 무시한 채 횡단보도를 건너려는 듯했다. 무단횡단을 결심한 그 남자가 횡단보도에 발을 막 내딛자마자 거짓말처럼 차 한 대가 나타났다. 남자는 걸음을 멈추고 차가 지나가기를 기다렸다. 그제야 파란불이 켜졌고 나는 고개를 끄덕였다. 원칙대로 하면 될 것을.

아르바이트생은 대학생을 구할 생각이었다. 하지만 다이가 찾아와 사정을 말하니 들어줄 수밖에 없었다. 평소 같았으면 단호히 거절했겠지만 편의점에 와서 종종 폐지를 담아가는 할머니의 손녀딸이라니 마음이 약해졌다. 어린 나이에 아르바이트하겠다고 오는 다이가 안쓰럽고, 기특했다. 또 비슷한 또래의 딸아이가 생각났다.

편의점 문을 열자 알싸한 술냄새가 코를 찔렀다. 동네에서 노는 한량 중 하나였다. 그는 자신의 딸보다 어릴 것 같은 다이 앞에 술 두 병을 놓고 계산대를 두들기고 있었다.

"내가 여기 사장이랑 잘 안다고!"

"손님, 잠시만 기다려주세요. 제가 사장님께 연락을 드려볼게요."

다이가 두려움에 손을 떠는 것 같았다. 나는 술냄새를 찾아갔다.

"뭐 필요한 거 있으세요?"

"저게, 달랑 백 원 모자란다고 지랄이네."

"알겠어요. 다음에 가져다주세요."

남자가 나간 뒤에도 진동하는 술냄새 때문에 한참 동안 편의점 문을 열어두어야 했다. 조금 진정이 되었는지 다이는 원망하는 말투로 나를 나무라듯 말했다.

"저런 손님, 앞으로 어떻게 해요?"

"내가 원칙대로 하라고 했다고 말해."

"방금 저 아저씬 진짜 꼭 때릴 것처럼 굴었어요. 무서웠단 말이에요."

"계속 소란 피우면 경찰을 불러."

다이는 정말 무서운 모양이었다. 재차 비슷한 질문을 반복했다. 나는 으레 사회에는 이런 일이 많다고, 다들 그렇게 산다며 다이를 다독이며 덧붙였다.

"네가 물렁하게 굴어서 그래."

나는 다이 탓을 했다. 틀린 말도 아니었다. 저런 사람들은 자기 눈에 만만한 사람들만 골라 진상을 부렸다.

"하지만 방금은 돈 안 받고 보내셨잖아요."

"괜찮아. 나는 그렇게 해도 돼."

그날 다이는 실수를 여러 번 했다. 재고를 채워넣다가 잘못해서 정리를 다시 했고 교대시간에 현금을 잘못 헤아리는 바람에 세 번이나 내가 함께 세야 했다. 퇴근하는 다이에게 따뜻한 두유 한 병을 건넸다. 아직껏 두려움에 떨고 있는 다이에게 어떤 말도 위로가 되지 않을 것 같았다. 아까 괜히 다이 탓을 했다고 생각했다. 별말을 덧붙이지 않고 싶었는데 마음처럼 되지 않았다.

"괜찮아. 앞으론 이런 일 없을 거야."

차라리 다이의 눈을 가리면 위로가 되리라고 믿었다. 더군다나 고등학생이라면 모르게 하는 편이 나았다. 이런 사람들을 수없이 많이 만난다는 사실을 숨기고 싶었다. 어른이 되어서 알아도 늦지 않을 터였다. 나는 다이를 볼 때마다 딸아이가 생각났다. 딸아이가 아르바이트하겠다고 하면 말려야겠다는 생각이 먼저 들었다. 아무래도 나이를 속물로 먹었나보다. 다이에게는 잘못이 없지만 세상에 그런 모든 문제를 내가 해결해줄 수도 없는 노릇이었다. 그저 내가 할 수 있는 일은 따뜻한 두유 한 병을 퇴근길에 건네는 것이면 충분하다고 생각했다.

교대하고 짐을 챙겨 집으로 돌아가는 길에 또다시 배가 아프기 시작했다. 엄마가 달거리가 멈추었다며 기뻐하던 나이가 지금 내 나이쯤이었다. 이제는 배가 아프면 속옷을 버릴 걱정에 서둘러 변기에 앉거나 날짜를 세어가며 생리대를 챙겨 다닐 일이 없어졌다고 생각했다. 6개월 만에 하는 월경이 달가우면서도 두렵고 반갑지 않았다. 엄마처럼 될까봐 두려웠다. 그동안 나는 생리가 멈추었다는 이야기를 엄마 말고는 아무에게도 듣지 못했다. 생리가 멈추었을 다이의 할머니도 폐지를 가져가면서 그런 이야기를 해주지 않았다. 그래도 다들 살아 있으니 나도 그렇게 되기를 바랄 뿐이었다. 아빠도 없는 딸아이가 혼자 남을 것이 무서웠다. 하지만 100세 시대에 벌써 죽을까 싶었고 늙지 않았다는 신호 같기도 했다. 그렇다고 마냥 월경이 반가울 리도 없었다. 손톱을 입에 가져가려다 멈추었다. 다시 엄마가 생각났다. 이번에는 눈물을 삼켜야 했다.

생리대를 꺼내려고 연 수납장에는 수건만 가득했다. 여자

둘이 사는 집에 생리대 하나 없는 현실이 당황스러웠다. 당연히 있을 줄 알고 편의점에서 챙겨오지 않은 것도 원망스러웠다. 내 월경이 멈추고 나니 채워넣을 생각조차 하지 못한 탓이었다. 온 신경을 딸아이에게 쏟고 있다고 생각했는데 나는 참 무신경한 엄마였을지도 모른다. 나는 한참을 변기에 앉아 있었다.

마침 딸아이가 들어오는 소리가 들렸다. 나는 화장실 문을 조금 열고서 딸아이를 불렀다.

"생리대 없어?"

평소라면 잠들어 있을 시간에 화장실에서 내 목소리가 들리자 아이는 놀란 것 같았다.

"없어요."

아이는 제 방으로 향하며 흘리듯 말했다. 생리대가 없어진지 한참인데 이제야 행방을 묻는 엄마가 귀찮은 모양이었다.

"어떻게 집에 생리대가 없어. 너는 어떡하고."

"엄마, 뉴스 안 봐요?"

"무슨 뉴스."

"생리대에서 안 좋은 성분이 나왔다잖아요. 나 이제 생리대 안 써요."

"괜찮아. 가서 하나 사와. 다녀오는 길에 내일 먹을 과자도 조금 사오고, 무슨 일 있으면 전화해. 위험하니까."

딸아이는 가끔 어떤 이야기에 오랫동안 몰두하곤 했다. 이미 뉴스에서 안전하다고 말한 생리대도 탐탁지 않은 모양이었다. 도대체 생리대를 쓰지 않으면 뭘 어떻게 한다는 거지? 텔레비전에서 몇 가지 다른 용품을 소개했지만 내키지 않았다. 모양도 이상했고 익숙지 않은 것들이었다. 이제 무언가에 익숙해지기에는 기존에 사용하던 것들이 몸에 너무 익어버린 탓이었다. 게다가 이제는 월경도 하다 말다 하는 나이가 되어버렸다. 앞으로 얼마나 더 할 줄 알고 무엇으로 바꾼단 말인가. 딸아이라면 몰라도 나는 그러고 싶지 않았다. 다들 그렇게 사는 대로 살고 싶었다. 딸아이는 생리대를 화장실 앞에 두고 방으로 들어가버렸다. 매달 반복되던 일이었지만 고작 6개월 만이라고 제법 불편했다. 끝난 줄 알았던 월경을 다시 시작하고 있었다. 언제 어떻게 시작했는지 몰랐던 초경처럼 그 끝도 알 수 없게 되어버린 기분이었다. 정확히는 모른다는 말이 맞았다. 나는 긴 세월 나와 함께한 달거리가 어떻게 끝나는지 모르고 있다.

화장실 문틈으로 아이의 방문이 보였다. 방문 앞에 걸어둔 팻말에는 여전히 노란 리본 스티커가 붙어 있었다. 아이는 중학교 때 수학여행을 다녀오지 못했다. 누구를 원망하지는 않았지만 수학여행 가는 날을 손꼽아 기다리는 것 같았다. 얼마 전에는 수학여행지에 대한 설문조사가 가정통신문에 첨부되어 온 일이 있었다.

"너는 어디 가고 싶니?"

"당연히 제주도죠. 비행기 안 타봤잖아요."

"위험할까봐 그러지."

내 말에 딸아이는 무어라 몇 마디 덧붙였지만 기억이 잘 나지 않았다. 아이의 이야기에 집중하지 않았던 모양이다. 낮에 간 마트에서 딸아이의 과자를 사올 생각이었지만 그러지 못했다. 그날 딸아이는 가고 싶은 곳, 보고 싶은 것, 먹고 싶은 것에 관해 한참을 떠들었다. 심지어 입고 갈 옷과 갖고 갈 과자에 대해서도 이야기했던 것 같은데, 무엇을 이야기했는지 도통 기억이 나지 않았다. 아토피가 있는 딸아이는 초콜릿을 피해야 했기에 고를 수 없었고 너무 자극적인 맛의 과자는 사주고 싶지 않았다. 결국 나는 과자가 진열된 매대 앞을 한참이나 서성이다가 건빵 한 봉지만 사 들고 와야 했다. 딸아이와 대화를 하고 있었다고 생각한 것은 내가 나에게 하는 위로였다. 월경이 다시 찾아온 어느 날 별안간 궁금한 것이 많아졌다. 딸아이에게 궁금한 것을 묻는 일은 내일로 미루기로 했다. 눈이 거의 감기기 직전이었다.

알람소리를 듣고 여느 때처럼 일어났다. 날은 어제와 똑같았고 핸드폰 위치도 그대로였다. 허리와 엉덩이 사이 어딘가에서 느껴지는 축축한 기운에 벌떡 몸을 일으켰다. 이불 한쪽과 바지가 피로 얼룩져 있었다. 이런 일은 학교에 다닐 때 빼고는 거의 없던 터라 당황했다. 수건을 깔고 잠들지 않은 탓이었다. 예정에 없던 이불 빨래를 해야 할 생각에 아침부터 아득해졌다. 이마를 몇 번 훔쳐내고 나서야 집이 지나치게 조용하다는 사실을 깨달았다. 이 시간이면 아이가 씻는 소리가 들려야 했다. 하지만 집 안에서 들리는 소리라고는 이마를 매만지는 내 손의 까끌까끌한 마찰음뿐이었다.

다급하게 일어나 딸아이 방으로 달려갔다. 바지는 갈아입을 생각도 하지 못했다. 오늘은 딸아이가 수학여행을 가는 날이었다. 중학교 때 수학여행을 다녀오지 못한 딸아이가 얼마나 이날을 기다려왔는지 알고 있었다. 당장 딸아이를 깨워 학교에 데려가야 했다. 방문을 열고 딸아이 이름을 불렀다.

내가 움직이는 소리만 가득한 집에 딸아이는 없었다. 무엇에 이렇게 놀라고 긴장했는지 알 수 없었다. 문고리를 쥔 손에 힘이 바짝 들어갔고 다리는 힘이 풀려 주저앉을 뻔했다. 딸아이 방의 시계를 보니 이미 8시였다. 어제부터 상상해본 적 없던 일들이 일어나고 있었다.

샤워하는 내내 열이 올라 찬물로 씻었다. 원래 몸에 열이 많기도 했지만 그래도 샤워만큼은 따뜻한 물로 했다. 그저 올겨울이 조금 따뜻하다고 생각했다. 불과 1년 전보다 수도꼭지 방향이 찬물 쪽으로 한 마디나 돌아가 있었다. 문득 물이 너무 차갑다고 느껴졌다. 하지만 온수로 다시 바꾸지는 않았다. 아침저녁으로 여전히 얼굴이 화끈거리는 탓이었다. 온종일 몽롱했고 기분이 이상했다. 라디오에서 소개하는 사연마다 기분이

요동치는 것 같았다.

　겨우 이불 빨래를 하고 다이에게 연락했다. 오늘부터는 혼자 하면 될 것 같다고. 다이는 답장이 없었다. 넋 놓고 멍하니 앉아서 수건을 몇 장 개켰다. 이상한 하루의 시작은 모든 것을 엉망으로 만들었다. 꼭 이제 시작이라는 것처럼 핸드폰이 유난스럽게 울렸다. 딸아이의 담임 선생님이었다.

　딸아이는 고등학교에 입학하는 순간부터 들떠 있었다. 아이가 중학교 3학년 때 큰 사고가 나면서 전국의 학교들은 수학여행 일정을 취소했다. 딸아이의 학교도 마찬가지였다. 지금쯤이면 한참 제주도에 도착해서 여행하고 있을 터였다. 나는 반쯤 접은 수건을 옆으로 치워두고 전화를 받았다.

　"여보세요."

　담임 선생님의 말은 충격적이었다. 믿을 수 없는 일이라고 생각했다. 더욱이 내 딸이 한 짓이라고는 상상할 수 없었다. 어제부터 온통 상상할 수 없는 일들만 벌어지는 것 같았다. 이 모든 일이 꿈이라고도 생각했다. 멈추었던 월경을 다시 하고, 늦잠을 자고, 이불을 버리고. 꿈에서 너무 깨고 싶어 허벅지를 힘껏 꼬집었다. 그저 변하는 것은 늘어났다가 제자리로 힘없이 돌아가는 내 허벅지 살뿐이었다.

　딸아이가 술을 가져와 친구들과 마셨다고 했다. 일정을 소화하던 중에 자유시간을 주었는데 그때 아이들이 한쪽에 유난히 모여 있더란다. 이상하게 생각한 선생님이 가서 확인해보니 아이들에게서 술냄새가 풀풀 났다는 것이다. 게다가 아이들이 한 아이를 둘러싸고 앉아 억지로 술을 마시게 했는데 그 주동자가 내 딸아이였다고. 더 이해할 수 없는 말은 그다음이었다. 아이들 모두 마신 술과 가방에서 나온 담배를 딸아이가 가져왔다고 말했다. 엄마가 운영하는 편의점에서 가져왔고 자신들은 그저 놀고 있었을 뿐이었다고. 천장이 빙빙 도는 것 같았다. 불과 며칠 전에 이상한 일에 엮이지 말라고 했을 때 딸아이는 알겠다고 했다. 나는 담임 선생님의 말을 믿을 수가 없었다.

딸아이는 내 말이면 일단 알겠다고 하는 아이였다. 세상에 귀를 기울이는 대신 학원을 보냈고 매년 소풍에 건빵만 가방에 넣어주어도 불만이 없는 아이였다. 며칠 내가 다친 것을 걱정하며 묻던 아이였다. 내가 보지 않은 것은 믿고 싶지 않았다. 내가 본 적 없는 딸아이의 모습을 전하는 담임 선생님의 목소리가 잠시 웡웡거렸다. 아무리 이성적으로 생각하려고 해도 잘 되지 않았다. 딸아이는 그런 짓을 할 아이가 아니었다.

"우리 애는 그럴 애가 아니에요."

"학교로 돌아가면 징계가 있을 겁니다. 미리 연락을 드려야 할 것 같아서……."

"확실히 확인했나요? 증거가 있는 거예요?"

담임 선생님은 가정에서 지도를 부탁한다는 말을 남기고 전화를 끊었다. 나는 개키던 수건을 던지고 일어섰다. 당장 편의점으로 달려가 CCTV를 보지 않으면 가슴이 터져버릴 것 같았다. 일그러진 일상은 순식간에 뒤틀렸다. 모든 것이 이 순간을 위해 준비된 것 같았다. 조금씩 엇나간 믿음들이 동시에 무너져내렸다. 딸아이의 비행을 전해듣고 덜컥 확인해야겠다는 내 다짐이 무너짐의 시작을 알리는 것 같았다. 평소와 다르게 알람소리를 듣지 못했고 피를 이불에 묻히는 실수를 하고 말았다. 아니, 어디서부터 꼬이기 시작한 것인지 가늠이 되지 않았다.

벌떡 일어나 갑자기 움직이는 내 다리에 힘이 바짝 들어갔다. 나는 내가 쌓아둔 수건에 발이 걸려 넘어지고 말았다. 집 한가운데서 벌러덩 넘어진 내가 너무 불쌍해서 그 자리에 엎드려 엉엉 울어버렸다. 혼자서 잘 살아왔다고 생각했다. 아이는 모난 곳 없이 잘 키웠다고 생각했다. 조금 냉랭한 면이 있기는 했지만 사춘기라고 생각했다. 말썽 한 번 피운 적 없던 아이가 그랬을 리 없다고 나는 믿고 있었다. 하지만 무슨 일인지 내 눈에서는 자꾸만 눈물이 났다.

딸아이는 결국 징계를 받았다. 벌점을 한가득 받았고 매일 학교가 끝나면 사회봉사 활동을 했다. 덕분에 학원은 잠시 쉬어야 했다. 나는 CCTV를 확인하고 아무에게도 말하지 않았다. 딸아이가 술을 훔쳐간 날은 다이가 겁에 질려 나에게 전화하려 했던 날이었다. 여러 번 재고를 파악하고 현금을 계산하는 과정에서 분명 실수가 있었던 것이 틀림없었다. 다이도, 나도 가끔 실수할 수 있다는 사실을 받아들이는 동안 딸아이는 결국 징계를 받았던 것이다. 고작 그만큼을 인정하는 데 나는 많은 시간을 허비했다. 꼭 편의점 CCTV 영상이 없더라도 현장을 들켜버린 아이들이 빠져나갈 방법은 없었다. 나는 더이상 일이 크게 번지기를 원하지 않았고 그날의 기록을 전부 지웠다. 지울 수만 있다면 내 삶에서도 지워버리고 싶었던 일주일이었다.

수학여행에서 돌아온 딸아이에게도 아무 말 하지 않았다. 딸아이도 아무런 말이 없었고 우리는 마치 그런 일이 없었던 사람들처럼 행동했다. 당분간 학원에 다니지 않아 일찍 돌아온 딸아이가 인사도 없이 나를 지나쳤다. 울컥 화가 치밀었다. 왜 딸아이가 저렇게 당당한지 알 수 없었다. 나는 온 힘을 다해 참아내고 있는데 딸아이는 늘 무엇이 저렇게 불만이고 당당한 것일까. 발끝에서부터 울화가 치밀었다.

"예의 없이 굴지 말랬지."

"다녀왔습니다."

"엄마가 지금 인사받으려고 불러 세운 줄 알아?"

"그럼 뭔데요?"

"뭐?"

"엄마가 원하는 게 뭔데요?"

아이의 물음에 목구멍이 턱 막혔다.

"이렇게 하지 마라, 이건 하면 안 된다. 엄마는 내가 아무것도 안 하는 걸 원해요?"

나는 딸아이가 무슨 말을 하려는 것인지 전혀 알 수 없었다. 원하는 것이 무엇이냐는 질문에 선뜻 대답할 수도 없었다. 엄마가 무엇을 원해야 하나. 엄마는 원하는 것이 있어야 했나. 나는 평온한 가정과 딸아이의 건강한 성장만을 바란다고 말하기도 헷갈렸다. 내가 원하던 것이 이것뿐이었나 싶다가, 이마저도 제대로 해내지 못했다는 생각까지 들었다. 아이가 현관에 들어서기 전까지 나는 아이가 징계받은 일조차 잊어버렸으면 좋겠다고 생각했다.

"나는 네가 왜 화가 났는지 모르겠다."

"엄마가 하지 말라고 한 것들을 죄다 한 번에 했는데, 엄마는 왜 묻질 않아요? 그 전에 한 번이라도 내 말을 들어준 적 있어요?"

"아침에 항상 대화하잖니."

"건빵 싫다고 말한 건 기억하세요? 매년 이야기하는데 엄마는 매년 건빵만 사오잖아요. 다른 것들도 그래요. 저는 영어학원보다 수학학원이 더 필요하다는 말은 기억하세요? 바둑을 배워보고 싶다는 이야기는요? 그 이야기에 딴짓할 생각 말라던 것도요. 엄마는 늘 물어봤다는 사실만 기억해요. 하고 싶은 일은 하고, 불의는 참지 말라면서요. 지금 엄마가 시키는 대로 하려면 엄마가 시킨 말을 다시 어겨야 해요."

"다들 그렇게 살아."

딸아이는 내 말에 숨을 크게 들이쉬었다. 딸아이는 쉬지 않고 말을 뱉어냈다. 근래 나눈 대화의 몇 배는 더 많은 이야기를 했다. 아이는 그동안 아침마다 나에게 했던 질문을 되짚었다. 자신은 무엇을 좋아하는데 엄마는 무엇을 좋아하느냐는 식이었다. 우리는 그렇게 수많은 식사를 함께하면서 서로를 너무 모르고 있었다. 나와 아이는 그 질문에 서로 완벽하게 대답할 수 없었다. 다들 그렇게 산다는 말로 넘기기에는 아이와 나 모두 사람이었다. 방문을 소리나게 닫고 들어가버리는 딸아이에게 나는 아무런 말도 할 수 없었다. 내가 원하는 것이 무엇인지 바로 대답하지 못하는 내가 민망해서 견딜 수 없었다.

결국 새벽까지 잠을 설쳤다. 내가 원하는 것이 무엇인지, 딸아이는 무엇을 좋아하는지 기억을 되짚느라 한참을 뒤적였다. 대답에 닿을 것 같다가도 그 대답에 닿기까지 세상이 그냥 가만둘 리 없었다. 나는 그저 딸아이와 건강하고 행복하게 살기를 원했다. 모두의 행복이 다를 것이 분명해서 답을 내릴 수 없었다. 그 행복에 닿는 길이 모두가 선택하는 방식이 아니라면 더 꺼려졌다. 그런 길은 험한 가시밭길일 터였다. 결국 나는 그날도 늦잠을 자고 말았다. 다음날 딸아이는 아침을 먹지 않았다. 대신 식탁에 짧은 메모를 남겨두었다.

"저 아침 먹으면 속이 더부룩해요."

마침내 어제저녁부터 이미 내렸던 답을 확정짓기로 했다.

얼굴이 붉어지며 열이 오르는 증상은 생각보다 꽤 신경을 자극했다. 나부터 변하기로 마음먹었다. 노트를 펼쳐 종이를 반으로 접었다. 한쪽에 내 이름 '한정희'를 적었다. 나머지 한쪽 공간에는 딸아이의 이름 '강다영'을 적었다. 양쪽 모두에 건강과 행복을 적었다. 내가 좋아하는 것을 하나씩 채워나갔다. 내가 해야 할 일도 써넣었다. 우선 딸의 사춘기와 나의 갱년기를 인정하는 것부터 시작했다. 당장 산부인과에 가서 검진을 받고 갱년기임이 틀림없는 이 증상들을 외면하지 않아야겠다. 가서 이 두려움에 맞서야겠다. 적어도 나는 딸아이에게 그렇게 가르쳤다. 고작 노트 반쪽을 채우는 데 한참이나 걸렸지만 이제는 질문했다는 사실만 기억하고 싶지 않았다. 딸아이가 돌아오면 이 노트를 건넬 생각이었다. 빳빳한 노란색 노트를 덮고 일어났다. 지금 산부인과를 다녀올 생각이었다.

나는 여전히 사람도, 차도 없는 신호등을 지키고 서 있었다. 아무래도 나는 이런 규범을 지키고 규칙에 따라 사는 편을 좋아하는 것 같았다. 하릴없이 신호등을 바라보는 일 말고 주변에 차가 오고 있는지 살펴보았다. 오늘도 우회전 차량이 도로를 향해 다가오고 있었고 뒤쪽에서 바쁜 뜀박질소리도 들려왔다. 나는 정신없이 길을 건너려던 여자를 불렀다.

"저기요! 차 와요!"

내 목소리에 여자는 달음질을 멈추었다. 여자 앞으로 차가 빠르게 스쳐지나갔고 때마침 신호는 파란불로 바뀌었다. 여자는 나에게 고개를 가볍게 한 번 끄덕이고 다시 뛰기 시작했다.

병원을 다녀오는 길에 편의점에 들렀다. 건빵만 아니라면 아무 과자나 좋았다. 잔뜩 늘어놓고 딸아이가 좋아하는 과자를 골라가게 할 셈이었다. 오늘도 조용히 들어선 편의점에는 그 한량이 와서 실랑이를 벌이고 있었다.

"저번에 사장이 하는 말 들었잖아!"

"저는 사장님이 아니잖아요."

두 마디만 들어도 상황을 파악하는 데 큰 어려움은 없었다. 다이는 여전히 겁을 잔뜩 집어먹은 것 같았고 핸드폰을 꼭 쥔 손은 미세하게 떨리고 있었다.

"계속 소란 피우시면 경찰 부를 거예요."

"사장 불러!"

그는 의기양양하게 소리쳤다. 사실 저런 말이 위협이 될 것이라고, 다이의 두려움을 해소해줄 수 있을 것이라고 생각해서 한 말은 아니었다. 그저 상황을 모면하고 피해가기에 그럴 듯해 보여서 한 말이었다. 나는 여전히 다이를 보며 다영을 떠올렸고 이제는 전과 같을 수 없다고 생각했다.

"손님."

"마침 사장님 오셨네. 저번처럼……."

"나가세요."

"뭐요?"

"나가시라고요. 경찰 부르기 전에 나가세요."

전에 치르지 않은 돈은 받지 않을 테니 다시는 오지 말라는 말에 그는 씩씩대며 나갔다. 다이는 되레 나에게 걱정의 말을 건넸다.

"사장님, 그래도 동네 사람인데."

"저런 사람들은 고객으로 대하면 사람을 만만하게 봐."

나는 정말로 다이에게 괜찮다고 말했다. 다음에는 저 사람이 또 오거든 그냥 CCTV 위치를 가리키며 경찰을 부르라고 덧붙였다. 나는 여전히 그 남자와 같은 사람이 또다시 편의점에 찾아올 것을 알고 있다. 하지만 다이는 전보다 편안한 얼굴이었다. 같은 말이지만 분위기는 분명히 다르다. 내 말 한마디가 따뜻한 두유 따위보다 나을 것이라고 감히 생각했다. 나는 다이에게 좋아하는 과자를 물었다.

"저는 나초 좋아해요."

"다영이가 좋아할 만한 과자가 짐작이 안 되어서 물어봤어."

"다영이가 따님이세요?"

다이의 말에 나는 또 얼굴이 벌겋게 달아올랐다. 갱년기 탓만은 아니었다. 문득 다영의 이름을 불러본 적이 없는 것 같아서였다. 아이 혹은 딸아이로 부르면서 정작 이름을 제대로 부르지 않았다. 나는 고개를 끄덕이며 종류별로 과자를 담았다. 혹시나 하는 마음에 건빵도 잊지 않고 챙겼다. 나초 한 봉지는 다이에게 건네고 집으로 향했다. 집에 돌아가면 가장 먼저 딸아이의 이름을 불러야겠다.

밍키

버스 정류장 발열 의자에 웅숭그리고 앉아 방금 있었던 일들을 떠올렸다. 아침의 일은 나에게 강도가 든 것이나 다름없었다. 대뜸 오백을 달라며 사정하는 은정 때문이었다. 나가 살겠다고 노래를 부르던 것이 최근이었다. 언젠가 독립할 것이라고 어렴풋이 예상했지만 이렇게 갑작스럽고 빠르게 결정할 것이라고는 생각하지 못했다. 어제까지만 해도 애교를 부리며 집안일을 돕던 아이였다. 언제나 살갑고 다정했는데. 상의도 없이 덜컥 집을 얻겠다고 통보하는 것이 믿기지 않았다. 돈을 부탁한 시간도 그랬다. 제 아비에게 이야기해보았자 결혼이나 하란 소리를 들을 것이 빤했다. 그래서 나 혼자 있는 시간을 노린 것이 분명했다. 그러나 나는 정말 돈이 없었다. 남들이 보기에 한심하다, 궁색하다 해도 할말이 없었다.

부부가 하나로 살림을 합쳐 살다보면 그런 일이 종종 있다. 모든 일이 그렇지 않나? 각자의 몫이 있고 그 일을 원래 하던 사람에게 몰아주기 마련이다. 원근씨와 나도 그렇게 집안을 꾸려왔다. 아이들을 연년생으로 낳느라 집을 잘 나서지 못하던 시간 동안 세상이 많이 바뀌었다. 홀로 나가서 진득하게 일을 볼 짬이 없었다. 자연스레 통장이며 핸드폰이며 어딘가 시간을 내서 찾아가 해야 하는 일은 원근씨가 대신했다. 부부는 하나니까. 가족은 한 팀이니까. 우리는 그런 식으로 힘을 합쳐 오늘의 우리집을 일구었다.

내 명의로 된 것이 없다고 해서 집에만 있었던 것은 아니었다. 밖에 나가 일하지 말라던 원근씨 몰래 심심찮게 아르바이트도 하러 다녔다. 시간이 맞으면 지인의 가게나 농장에서 용돈벌이를 했다. 하지만 돈이 모이지는 않았다. 한두 푼 모아두면 시골에 계신 아버지가 사고를 치거나 병원비로 쓰는 통에 가진 돈을 죄 빼앗겼다. 남은 가족이 나 하나뿐이라 아주 외면할 수도 없었다. 그렇게 푼돈은 전부 아버지에게 들어갔고 근래 들어서는 팔다리 중 안 아픈 곳이 없어 아르바이트를 할 수도 없었다. 그런 탓에 먹고 죽으려고 해도 가진 돈이 없다는 말은 진짜였다.

애절하게 매달리던 은정을 뿌리치고 나올 수 있었던 것은 한 통의 전화 덕이었다. 평소라면 받지 않았을 낯선 번호였지만 나는 적극적으로 관심을 돌릴 만한 일이 필요했다. 생각 없이 받은 전화에서 전혀 예상치 못한 소식을 들었다. 오랫동안 연락을 끊고 살았던 언니의 소식이었다. 전화 건너편에서는 자신을 변호사라고 소개했다. 언니가 죽었고 그 뒷정리를 나에게 맡겼다는 이야기였다. 당황해 허겁지겁 외투를 챙겨 입고 집을 나섰다. 그렇게 지금에 이른 것이다. 다난했던 아침을 잊고 관심을 돌리고 싶었다.

주변을 두리번거리다 10분 전부터 도착 예정이라는 버스 안내판을 뚫어지게 바라보았다. 사람도 많이 살고 값이 괜찮은 아파트 사이에 있는 버스 정류장치고 너무 낡았다는 생각이 들었다. 시청에 민원을 넣어야 할까. 버스 정류장이 낡았다고? 동네 수준에 맞지 않는다고? 썩 세련된 민원은 아닌 것 같아 생각을 그만두었다. 등뒤에서 보도블록에 손톱 같은 것이 긁히는 소리가 들렸다.

아는 개였다. 아침저녁으로 두 번, 배가 불룩 나와 발등이 보이지 않을 것 같은, 아저씨와 함께 걷는 몰티즈였다. 그는 꽤 나이든 것 같았다. 탁탁 소리를 내며 걷다가 얼마 가지 못하고 멈추어 서서 숨을 몰아쉬었기 때문이다. 그러면 그의 불룩한 배가 위아래로 움직였다. 한눈에 보아도 색이 바래고 낡은 연분홍 옷이 늘 작아 보였다. 늙은 개와 낡은 옷이 그럴듯하게 어울렸다. 그가 멈추어 서면 아저씨는 한없이 다정한 눈길과 목소리로 그를 부르곤 했다. 이름은 밍키였다. 밍키야, 밍키야. 머리가 벗겨진 아저씨의 높고 나긋한 음성이 몇 번 들리고 나면 호응하듯 꼬리를 살랑살랑 흔들었다. 장을 보러 나서던 시간이 밍키의 산책시간과 자주 겹쳤다. 덕분에 집을 나섰을 때 밍키와 아저씨가 보이지 않으면 내심 서운한 적도 있었다. 알은체하는 것도 아니었고 가벼운 목례조차 나누지 않는 사이였다. 그저 지나가면 익숙한 풍경에 반갑고 잘 지내는지 남몰래 안부를 확인하는 정도였다. 그런데 불쑥 저 꼬리를 한 번만 만져보고 싶다는 충동이 일었다. 벌떡 일어나 숨을 고르고 있는 밍키에게 다가섰다.

"아유, 이쁘다."

손을 내밀려던 찰나 한없이 느긋하기만 하던 아저씨의 움직임이 빨라졌다. 잽싸게 밍키를 품에 안고서는 난처한 티를 냈다. 밍키를 부르던 음성과는 전혀 다른 차갑고 낮은 음성으로 말했다.

"노견이라 요즘 낯선 사람이 만지면 싫어해요."

"아, 미안합니다."

정신이 번쩍 들었다. 마침 타야 하는 버스가 오고 있었고 도망치듯 버스에 몸을 실었다. 의사도 묻지 않고 남의 개에게 손을 뻗다니. 주책이었고 교양 없는 사람처럼 보였을 것이 분명했다.

별안간 전해진 언니의 소식 때문에 자꾸만 충동적으로 행동하고 실수하는 것 같았다. 어깨가 오그라들고 주눅이 들었다. 심장 박동이 느껴졌고 나를 둘러싼 것들이 점점 거리를 좁

혀오는 듯했다. 잘난 언니와 비교당하던 어린 시절이 계속해서 떠올랐다. 공연히 주변을 살피며 눈치를 보았다. 버스에 앉아 있는 사람 중 눈을 맞추는 이가 없는데도 갑갑했다. 창문을 열어놓고 가야 할 정류장 수를 가늠하며 다른 생각을 하려고 애썼다. 이제는 나도 나이를 제법 먹지 않았나. 번듯하게 가정도 이루어냈다. 자긍심과 자신감을 가져야 한다. 허리에 힘을 주고 자세를 고쳐 앉았다. 옷매무새를 가다듬고 어깨를 활짝 폈다. 나도 모르게 어색한 미소를 지었는데 아랫입술이 떨려 오래가지 못했다. 덩달아 갑자기 어깨에 힘을 주는 통에 날갯죽지가 저렸다. 활짝 편 가슴께에서 뚝 하는 소리가 들렸다.

오랫동안 언니를 싫어했다. 그래서 언니가 죽었다는 소식을 들었을 때 당황스러웠다. 근 30년을 얼굴도 보지 않고 산 사람이었다. 그런 언니가 자신 몫의 작은 아파트와 그 안에 있는 물건 일체의 처분을 나에게 맡기고 죽은 것이다. 평생 나를 부려 먹은 사람. 엄마와 아버지를 나에게 족쇄처럼 묶어두고 자신만 도망가버린 사람.

언니가 집을 나가면서 우리집은 무너지기 시작했다. 무너진 집을 그러안고 애써 살아온 세월이 얼마인데. 언니가 마지막까지 짐을 떠넘겼다고 생각하니 골난 한숨이 절로 났다. 언니를 미워하기 시작한 것이 언제였더라. 그날은 언니가 홀연히 집을 나간 지 보름쯤 지난 때였다. 중학생이었던 나는 우리집에 일어난 일을 정확하게 이해하지 못했다. 마을 입구에 살던 미경도 집을 나간 적이 있고 빨간 대문 집 성자 언니도 밤에 도망간 적이 있었다. 미경은 머지않아 돌아왔고 성자 언니는 공장에 취직했노라며 매주 편지를 보내왔다. 그러니 언니도 언젠가 돌아오겠구나 하는 막연한 생각뿐이었다. 당장에 언니가 홀연히 집을 나간 일은 걱정스럽고 슬펐지만 그런 대로 매일 아침은 밝아오니까. 잠시라도 시선을 앗아가는 것이 있으면 자주 시선을 빼앗기며 언니의 부재를 잊고 살았다.

　유난스럽게 뒤죽박죽인 하루였다. 등굣길에는 하늘이 맑고 아름다웠는데 거짓말처럼 일과 내내 비가 내렸다. 산뜻했던 아침과는 대비되는 하굣길이었다. 집으로 돌아오는 길 내내 담임 선생님의 말이 귓가에 맴돌았다. 언니와 비교하며 나를 욕하던 것. 종래에는 언니와 우리집 모두를 욕하던 것. 동네가 좁으니 그런 것이 싫었다. 발길 닿는 곳마다 동네 사람이라 모두가 우리집에서 일어난 일을 알고 있었다. 그때 처음으로 뻥 뚫린 들판이 나를 옥죄는 것 같았다. 숨이 차기 시작했고 나는 머리에 이고 있던 가방을 둘러메고 집으로 뛰었다.

　비를 흠씬 맞고 집에 들어섰다. 댓돌 위에 신발이 없는 것을 보니 방에는 아무도 없는 것 같았다. 대신 부엌에서 달그락달그락 식기 부딪치는 소리가 났다. 어머니가 저녁 준비를 하는 모양이었다. 어깨를 털며 부엌으로 다가갔다. 얇게 입고 비를 맞아서인지 속이 차게 떨렸다. 안에서 들려오던 소리에 부엌으로 향하던 몸이 굳었다. 엄마는 어제 언니 생각이 나서 만들었다던 나물 반찬을 아궁이에 내던지고 있었다.

"썩을 년. 책임감도 없이 부모 형제 다 버리고…… 이기적인 년."

처음 엄마가 욕하는 소리를 들었다. 걱정이 많고 말수가 적은 엄마는 걱정스러운 책망을 반복하더라도 필요하다고 생각하는 말만 했다. 그런 엄마가 저런 상스러운 욕을 한다는 사실 자체가 충격적이었다. 나는 차마 더 다가가지 못하고 발걸음을 돌려 마루에 걸터앉았다. 머지않아 옷 터는 소리가 들렸다. 앞치마에 손을 닦으며 부엌을 나서던 엄마와 눈이 마주쳤다. 엄마의 눈이 빨갛게 충혈되어 있었는데 운 것인지 아닌지 가늠하기 힘들었다.

엄마는 모든 것을 잘하는 언니를 늘 우려했다. 다 크도록 공부도 잘했고 손재주도 좋았다. 체력도 사내 못지않았고 말주변도 좋아 늘 주위에 사람이 끓었다. 하고 싶은 것이 있으면 꼭 해보아야 직성이 풀렸고 고집도 셌다. 그런 언니를 두고 엄마는 늘 걱정을 입에 달고 살았다. 여자가 할 줄 아는 것이 많으면 팔자가 사나워진다. 그러나 이것저것 못 하게 나무라면서도 은근히 언니를 자랑스러워했다. 언니는 언제나 기죽지 않았고 불의를 참지 않았다. 반면에 엄마는 시장에서 흥정하는 일조차 버거워했다. 그래서 장을 보러 가는 길에는 늘 언니가 동행했다. 동네 사람들은 엄마 곁을 지키는 언니를 자주 추켜세웠다. 아들 없는 집에서 장남 노릇 하느라 애쓴다며 엄마를 향해 너스레를 떨었다. 그럴 때마다 엄마는 입꼬리를 당겨 웃으며 대꾸하지 않았다.

언니는 일반 고등학교에 진학해 대학에 가고 싶어했다. 그 말에 항상 언니를 칭찬하던 동네 사람들이 얼굴을 마주할 때마다 잔소리를 늘어놓았다. 잔소리 대상은 언니에 한정되지 않았다. 엄마도, 나도 늘 누군가에게 붙잡혀 잔소리를 들었다. 언니는 끝내 고집을 피웠다. 고등학교에 가고 싶다면 상업고등학교에 가라는 아버지의 말에도 맞아가며 대들었다. 집이 어려웠던 형편도 아니었고 아버지 성격도 그렇게 단호하지 못했다. 오히려 우유부단해서 말썽을 일으킨 적이 여러 번이었다. 결국 아버지는 언니의 고집을 꺾지 못했다. 언니는 끝끝내 일반고등학교에 진학했다. 모든 것이 마음먹은 대로 이루어지던 언니는 늘 집이 답답하다고 했다. 마을만 나서면 너른 들판이 가슴을 탁 틔워주는데 도대체 무엇이 답답하다는 것인지 도통 이해할 수 없었다.

언니가 서울로 간다는 편지를 두고 몰래 집을 나갔을 때 아버지는 며칠 동안 말을 하지 않았다. 어느 날 집안 간수 제대로 못 한 것이 부끄러워 동네에서 고개를 들고 다닐 수가 없다며 대문을 박차고 나가버렸다. 술을 좋아하기는 했지만 매일 아침 잘 잤느냐고 다정하게 묻던 아버지는 사라지고 없었다. 집에 들어오지 않는 밤이 점점 늘어났고 소작을 주던 너른 전답은 모두 팔아 술만 마셨다. 둘러앉아 먹던 저녁은 낯선 일이 되었고 넓은 집에는 엄마와 내가 겨우 자리만 차지하고 있을 뿐이었다.

엄마는 우려했던 일이 진짜로 일어났다며 절망했다. 계집애를 너무 건방지게 키운 탓이라며 며칠 밤을 울었다. 마을에서 특출난 딸을 불안해했던 만큼 오래도록 그리워했다. 엄마는 언제든 언니가 돌아올 자리가 있어야 한다며 집을 쓸고 닦았다. 틈틈이 좋아하던 반찬을 만들면서 나를 불러 간을 보게 했다. 그럴 때마다 나는 엄마가 아궁이에 반찬을 집어 던지던 일을 떠올렸다. 사라진 언니를 떠올리기보다는 집에 있는 나를 보고 위안을 얻기를 바랐다. 그래서 더 열심히 살았다. 어른들이 언니에게 바라던 것을 해내려고 애썼다. 그러나 내가 무언가를 더 잘할수록, 언니와 비슷해질수록 엄마의 안색은 점점 더 어두워졌다. 그뒤로도 엄마는 오랫동안 언니의 하교시간에 맞추어 밥을 하고, 반찬을 만들고, 언니가 사용하던 책상을 쓸고 닦았다. 하지만 나는 알고 있었다. 언니를 가장 미워한 사람은 나도 아니고, 아버지도 아니었다.

그때를 떠올리니 머리가 아팠다. 몇 해 지나지 않아 엄마는 시름시름 앓다 돌아가셨고 아버지는 매일 술을 마셨다. 아버지의 술주정은 나날이 고약해졌는데 남의 집 밭을 헤집어두거나 가축을 발로 차 다치게 했다. 또 한번은 술을 마시고 오토바이를 몰다가 남의 집 담벼락을 들이박은 일도 있었다. 그럴 때마다 사고를 수습하고 머리를 조아리는 일은 내 몫이었다. 사람들은 하루가 멀다고 고주망태가 되어 사고를 치는 아버지를 욕하면서도 나를 안타까워했다. 언니가 나가고 작은 애가 고생이 많다며 등을 토닥여주었다. 그러나 합의금 명목으로 건넨 돈봉투는 한 번도 다시 돌아오지 않았다. 고등학교를 졸업하고 작은 제조업 회사에 다니면서 받던 나의 월급은 모두 그런 식으로 사라졌다. 그러다 회사에서 원근씨를 만났다. 모든 것이 계획되어 있고 상상한 대로 사는 사람. 뒤끝 없이 생각한 말은 모두 내뱉는 사람. 재미는 없지만 거짓말은 안 한다던 사람. 아버지에게서 도망치듯 결혼하며 고향 마을을 떠났다.

끊임없이 이어지던 잡념을 떨쳐내자 버스 라디오에서 흘러나오는 환호성이 귓전을 때렸다. 창밖을 보니 언니의 아파트 근처였다. 허겁지겁 하차 벨을 눌렀다.

"그거 그렇게 치시면 안 돼요."

딴생각을 하다 몸에 힘이 들어간 모양이었다. 나도 모르게 하차 벨을 세게 내리치면서 조용했던 버스 안의 이목이 쏠렸다. 나는 미안함에 고개를 숙였다. 그저 무언가 급한 일이 있는 사람처럼 부산을 떨었다. 도망치듯 버스에서 내렸다.

부모를 나에게 떠넘긴 언니가 나와 한동네에 살고 있다는 사실은 진작부터 알고 있었다. 이게 다 미경 때문이었다. 어릴 때부터 언니를 잘 따르던 미경은 언니와 계속 연락하고 지냈다. 고향집에 가면 마을 초입에서 만나던 미경이었으므로 나와의 연도 계속되었다. 미경이 알리지 않은 주소와 연락처를 전했을 것이 분명했다. 그 바람에 언니에게서 주기적으로 편지가 왔다. 자신은 지금 어디에 산다느니, 어디서 일하고 있다느니 등의 내용이었다. 결혼했다는 소식도, 자식도 없이 이혼했다는 소식도 편지로 알았다. 미경이 언니에게 내 소식을 알리고 언니가 편지 보내는 것을 구태여 말리지는 않았다. 오히려 내 소식을 들은 언니가 조금이라도 괴롭기를 바랐다. 언니가 사라지면서 우리집은 불행해졌다고 미경에게 더 자주 이야기했다. 아버지는 술에 취해 잠들어 있거나 집에 없거나 했고, 엄마는 돌아가셨고. 언니와 함께 쓰던 방을 여전히 반만 쓰면서 사람이 없어 어둡고 낡아진 집을 쓸고 닦으며 살고 있노라고. 나의 외로움과 불행을 전해들으며 죄책감에 괴롭기를 원했다. 이게 다 언니 때문이라고. 언니가 자리를 지키지 않은 탓이라고. 그래서 내가 고향집에서 홀로 외로웠던 것만큼 혼자가 된 언니의 삶이 고독하기를 바랐다.

혼자 사는 여자가 다 그렇지 뭐. 거긴 평수가 작고 오래된 아파트니까 촌스럽고 오래된 벽지로 둘러싸인 어둡고 칙칙한 집이겠지. 아무도 오가지 않는 현관을 바라보면서 그저 쓸쓸하게 텔레비전 채널이나 이리저리 돌리며 지냈겠지. 그러다 문득 답답하다며 스스로 내던진 안락하고 다정했던 고향집과 가족을 떠올렸겠지. 나는 언니의 집으로 가는 내내 비난을 멈추지 않았다.

문을 열고 들어선 집은 상상했던 모습과 정반대였다. 죽기

며칠 전 계속 병원에 있었다더니 때를 알기라도 한 사람처럼 깨끗하게 정리되어 있었다. 거실의 물건이라고는 거대한 책장과 오래 사용한 듯한 1인용 소파와 작은 조명뿐이었다. 칙칙하고 좁은 집에 촌스러운 벽지, 오래된 텔레비전 같은 것은 없었다. 세월을 타기는 했지만 깨끗하고 밝은 톤의 벽지가 잘 관리되어 있었고 베란다에는 빈 빨래 건조대와 쟁여놓은 짐과 담금주 따위가 정돈되어 있었다. 안방에는 옷장과 침대가 전부였다. 눈에 띈 것은 작은방이었다. 낡은 책걸상과 딸려 있던 책장에는 수십 장의 음악 CD가 채워져 있었다. 어렴풋이 언니가 써주던 편지에 매번 음악과 관련된 이야기가 있었다는 사실이 떠올랐다. 집을 한 바퀴 돌아 거실로 다시 나왔다. 무심코 주방으로 다가가 냉장고를 열었다. 식사도 잘 차려먹었던 모양이다. 집을 비우고 시간이 지나 탁나긴* 했지만 엄마가 아궁이에 던져넣던 것과 같은 나물 반찬이 가득했다. 신경질적으로 냉장고 문을 닫았다.

다리에 힘이 풀려 주저앉은 채 구석구석 집 안을 다시 돌아보았다. 언니는 한 번도 변하지 않았다. 어릴 때 그랬던 것처럼 늘 자신이 원하는 대로, 말하는 대로 하고 산 것 같았다. 정갈한 잠자리와 하나둘씩 모으던 테이프 같은 것이 여전했다. 오는 내내 햇살이 들이치는 안락한 우리집을 지척에 두고 남루

---

* 상했다는 뜻의 전북특별자치도 방언

한 언니의 집을 상상하며 온 것이 허탈하기 그지없었다. 언니의 1인용 소파 발치에 머무는 햇살을 한참이나 바라보았다. 멍하니 앉아 있다가 퍼뜩 정신이 들었다. 그제야 식탁 위의 물건이 눈에 들어왔다. 거실 식탁에는 편지와 묵직한 가방, 화분이 하나 있었다. 늘 같은 말로 시작되는 편지였다.

잘 지내니? 나도 잘 지낸다.

이제는 네가 받아야 할 편지를 써야 할 때인 것 같아.

오랫동안 너에게 이런 부탁을 하는 순간을 상상했어. 한 번도 답장을 보내지 않았으니 너는 내가 여전히 밉겠지. 그래도 말이야, 마지막은 하나뿐인 자매에게 맡기고 싶었다. 미미하지만 너에게 선물하고 싶기도 했고.

살아보니 그렇더라. 예전에는 분명하고 확신했던 것들이 점점 더 모호해지더라. 모르겠는 때가 훨씬 많고, 분명한 것은 아무것도 없구나 하는 생각이 자꾸만 깊어졌어. 그때마다 네 생각을 했어. 그때 내가 왜 그랬는지 너에게 설명하지 않은 것이 후회되기도 했거든. 어린 네가 받았을 충격과 마음의 짐을 미안해하면서 말이야. 그렇지만 이제 와서 그 시절의 결정에 대해 너에게 해명해야 하나? 그것도 잘 모르겠다. 이미 한참 전에 지난 일이고, 그때의 나에게는 집을 나오는 것만이 유일한 탈출구였으니까. 계속해서 마을에 살았다면 어떻게 오늘날을 맞이하게 되었을까 빠했거든. 그래도 요즘은 너른 들판이 있는데 무에 답답하냐던 네 말이 자주 생각이 나. 이제야 높은 아파트와 빌딩이 답답해진 모양이다. 기회가 되면 고향과 비슷한 곳으로 가고 싶었는데 어렵게 됐어.

몇 가지 부탁하고 싶어.

식탁에 둔 것은 모두 네 것이야. 현금 오백과 작은 화분인데, 실은 그 화분을 부탁한다. 내내 모든 화분을 죽였는데 그 녀석은 나랑 같이 오래 살아줬거든. 홍콩야자라서 이름은 콩야야. 이름은 바꾸어도 좋으니 너희 집으로 데려가주렴.

예전에 어느 텔레비전 프로그램에서 한 아주머니가 그러더라. 나이든 여자에게 필요한 건 아무래도 돈이라고. 너도 네 몫으로 해둔 것이 충분히 있으리라 생각하지만 비상금에 보태렴. 돈은 언제든 필요한 때가 생기기 마련이니까.

형편이 어렵지 않은 것으로 알고 있어. 이 집은 팔아서 청소년단체에 기부해주렴. 죽을 때가 되니 세상에 좋은 일도 하나 해보고 싶다. 주책이지.

만약에 그동안 들은 대로 네 형편이 넉넉하지 않거든 집을 판 돈도 네가 사용해. 집에 있는 것도 모두 네게 맡길게.

잘 지내렴, 혜경아.

혜진 언니가.

추신. 이 편지를 읽게 될 때가 언제인지는 모르겠지만, 오늘의 나는 이상은의 노래를 들어야겠어.

편지를 다 읽고는 집 안을 정리하며 감정이 널을 뛰었다. 언니가 남긴 편지, 집 안 곳곳에 남아 있는 언니의 흔적이 그렇게 만들었다. 편지의 여러 곳에 머물러 다시 읽기를 반복했지만 유독 마지막은 형제에게 맡기고 싶었다는 말이 오래도록 머릿속에 맴돌았다. 해묵은 미움만큼이나 혼자 지내며 마지막을 준비했을 언니 생각에 울컥했다. 그래. 언니는 원래 이런 사람이었다. 나에게 남긴 것만 보아도 그렇다. 나이들면 오만 가지가 안타깝다더니 집은 기부하고 나에게는 화분과 현금 오백만 을 남기지 않았나. 그러나 미운 것은 미운 것이고 떠난 형제의 바람은 바람이다. 죽은 사람 소원은 들어준다니까……. 내가 지금 없이 사는 것도 아니고……. 그러다 또 베란다에 있던 담금주에 아버지가 떠올라 불쑥 울화가 치밀었다. 언니나 나나 아버지 딸년이다. 이거지. 밉고, 괘씸하고, 애타는 마음이 분주하게 빈속을 헤집었다.

언니의 집을 나서고부터는 정리한 것을 곱씹었다. 냉장고의 음식을 비웠고 그다음에는……. 썩는 것이 남지 않았는지 확인하고 집 안을 좀더 종종거리다가 식탁에 있던 편지와 돈가방, 화분을 모두 들고나왔다. 언니가 남긴 물건을 들고 나설 때는 도둑이 된 양 주위를 살폈던 것 같다. 짐을 들고 나서 정류장에 오기까지 딱 그만큼만 기억이 흐릿한데 걸어온 길을 돌아보니 잘 들고 온 것 같지는 않았다. 정류장 의자 아래에 자갈이 몇 개 떨어져 있었고 새까만 흙이 온 길을 따라 흩뿌려져 있었다. 나는 그제야 왈칵 눈물이 쏟아졌고 동시에 헛웃음이 났다.

부러 가방이 중요하지 않은 물건인 양 행동했다. 아무렇게나 발밑에 던져두었고 오히려 화분을 소중한 척 감싸안았다. 사실은 이렇게 많은 현금을 들고 돌아다닌 적이 처음이라 불안했다. 행여 남들이 보기에 귀중한 물건처럼 보여 화를 입지 않을까 우려스러웠다. 화분을 꼭 끌어안고 가만히 가방 속 현금에 대해 생각했다. 필요하던 돈이 생겼는데 오히려 근심이 생긴 기분이었다. 어쩌다 이 나이 먹도록 이만한 돈도 만져보지 못하고 살았을까. 성실한 가정주부 노릇을 자처하기는 했지만 아이들이 조금 컸을 때는 다시 직장에 다니고 싶었다. 살다보니 사고 싶은 것도 많았고 나름대로 혼자 결정해 돈을 쓸 일도 생겼다. 그런데 괜히 집안일과 관련된 것이 아닐 때는 원근씨에게 돈을 부탁하기가 영 마음에 걸렸다. 사소하지만 당장 떠오르는 기억은 이런 일들이었다. 한턱낸다고 으스대며 식당에서 밥값을 내보고 싶었고 아이들이 사달라는 조그마한 장난감 따위를 선심 쓰듯 사주는 날을 상상하기도 했다. 아버지 병원비 같은 것은 내가 내고 싶었고 나만을 위한 돈도 조금은 모아두고 싶었다.

그러나 구하려는 직장을 번번이 가로막은 사람은 원근씨였다. 그 사람은 유독 내가 일하고 싶어하는 것을 싫어했다. 혹시 밖에서 딴짓이라도 할까 염려되느냐고 물었더니 자기를 아내도 못 믿는 한심한 놈으로 보느냐며 되레 역정을 냈다. 그때는 나도 젊고 힘이 좋았다. 울컥울컥 화도 많이 났고 소리도 잘 질렀다. 하루는 답답한 마음에 도대체 무엇이 싫어 그러는 것이냐고 따져 물었다. 언젠가는 내가 고생하는 것이 싫다고 했다가, 또 어느 날에는 바깥일을 하면 집안일을 제대로 하겠느냐며 성질을 냈다가. 그러다가 어느 날 감춰둔 진심을 듣게 되었다. 회식이 끝나고 잔뜩 취해서 잠이 들 때까지 한참을 웅얼거렸다. 집사람 고생 안 시키고 싶은 것이 첫번째. 두번째는 집사람이 밖에서 일한다고 하면 남들이 보기에 자기가 얼마나 능력 없는 놈처럼 보이겠느냐면서. 원근씨는 그대로 소파에 누워 불을 꺼달라고 했다. 그러나 나는 그다음에 한 말을 기억하고 있다. 양말도 벗지 않은 채 소파에 드러누워서 중얼거린 말. 진짜 이유가 뭔 줄 알아? 주도권을 빼앗기기 싫어. 권한을 나누고 싶지 않다고. 집안에서 누구 하나 가장의 권위를 아는 사람이 없어 심통이 난다고 중얼거렸다.

남편은 그 말을 마지막으로 깊은 잠에 빠졌다. 현관 센서등이 꺼진 거실에서 소파를 내려다본 기억이 난다. 그날도 잔뜩 골이 난 상태였는데 정확히 무슨 일 때문이었는지는 기억나지 않는다. 다만 옆 건물에서 넘어오는 빛으로도 거실 풍경이 눈에 익을 때까지 오래도록 그대로 서 있었다. 푸, 푸. 숨을 깊게 내뱉는 그의 얼굴을 하나하나 뜯어보았다. 자존심? 불쑥 울화가 치밀었다. 고작 저 자존심 하나 추켜세우겠다고 내가 어떤 마음으로 살아냈을지는 생각을 안 해본 거야?

잠이 든 그는 추운지 몸을 잘게 떨며 팔다리를 움츠렸다. 나는 무심결에 그 모습이 안쓰러워 이불을 하나 내왔다. 양말을 벗겨주고 답답한 셔츠의 단추도 몇 개 풀어주었다. 목 끝까지 이불을 덮어주자 옅은 신음을 내며 팔다리를 길게 늘어뜨렸다. 팔에 걸린 이불이 스르륵 흘러내리는 것을 잡았다. 다시 끌어올려 목 언저리까지 덮어주었다. 권위? 푸, 푸. 술냄새가 코끝에 진동했다. 퉤퉤. 나도 모르게 원근씨 얼굴에 침을 뱉었다. 생각한 말은 숨기지 않고 다 말한다더니 치졸한 새끼.

그 말이 진심이든 아니든 그때는 그 말이 나를 위하는 말이라 믿기로 했다. 정기적인 일자리를 구하지 않더라도 몰래 친구의 가게나 농장에서 일을 돕는 등의 소일거리로 아이들 과자를 사줄 만한 용돈벌이 정도는 하던 참이었다. 푼돈이었지만 그것이라도 모아보려고 했다. 하지만 그러지도 못했다. 고향집을 떠나와서도 아버지 밑으로 몽땅 다 들어갈 것이라고는 예상하지 못한 탓이었다. 원근씨는 시간이 남으면 차라리 취미생활을 하라며 나를 달랬다. 그 말에 미술이나 피아노 학원을 다녀보기도 했지만 마음이 영 불편했다. 생각보다 돈이 많이 들기도 했고 돈을 축내기만 한다는 생각을 떨칠 수 없었다. 결국 나는 다시 집으로 돌아와 거실에 앉아 시간을 축냈다.

고개를 들어 버스 안내판을 보았다. 우리집 앞에 있던 것보다 훨씬 깔끔하고 컸다. 만든 지 얼마 되지 않은 정류장 같았다. 집으로 가는 버스가 가까워지고 있었다. 발로 돈가방을 끌어당기며 언니의 하루를 상상했다. 아침을 먹고 차가 없으니 버스 정류장에서 버스를 타고 일을 나갔겠지. 아직은 일할 수 있는 나이니까. 주중에는 일하고 쉬는 날에는 한가로이 음악을 틀어두고 발치의 햇살을 누리며 책을 읽었을 테지. 월급이 아무리 적더라도 여자 혼자 살아가기에 모자라지는 않았을 테니까. 착실히 자신만의 세상을 가꾸었겠지. 늘 하던 대로. 좋아하는 것들로 일상을 가득 채워둔 언니의 얼굴이 보이는 것 같았다. 어릴 때의 당당하고 기세 넘치는 모습이 떠올랐다. 그까짓 직장, 그냥 구해버릴 것을. 그동안 지인의 밭이나 가게 일을 도와주며 받았던 푼돈이 떠올라 헛웃음이 났다. 살아온 나의 지난날이 우스웠다. 원근씨 얼굴에 침을 뱉던 기세는 다 어디에 숨겨두고 잊었나 싶었다.

낯선 번호로 또 전화가 왔다. 이번에도 별생각 없이 전화를 받았다.

"강원근 고객님 맞으신가요?"

나도 모르게 그렇다고 대답했다.

"저희 통신사를 10년 이상 이용해주신 고객님께……."

신경질적으로 전화를 끊었다. 원근씨의 이름을 듣고 익숙하게 그렇다고 대답한 것이 처음으로 싫었다. 이런 전화를 처음

받은 것도 아니었다. 모든 광고 전화는 늘 원근씨의 이름을 불렀다. 핸드폰을 내 명의로 바꿀 생각을 하지 않은 것도 아니었다. 막상 바꾸려니 이미 익숙해졌고 다시 변경하기에는 너무 많은 것을 새롭게 바꾸어야 했으므로 귀찮아서 미루어두었다. 처음 핸드폰을 가졌을 때는 고작 전화기에 불과했다. 핸드폰이 곧 나라는 증명이 될 것이라고는 예상하지 못했다. 그 이후로 오래도록 본인 인증이 필요한 대부분의 일을 남편 이름으로 처리하고 살았다. 귀찮아 미루어두었던 일로 오늘날 제 이름 하나 챙기지 못한 중년 아줌마가 되었다. 동시에 언니의 물건 대부분에 이름이 쓰여 있던 것이 떠올랐다. 웃음과 울음이 반복되던 감정이 일순간 걷혔다. 타야 하는 버스가 도착했지만 타고 싶지 않았다. 짐도 많은데, 내가 왜 버스를 타야 해. 곧장 일어나 손을 흔들어 뒤따라오던 택시를 잡았다. 편지를 다시 꺼내 읽었다. 아주 오랜만에 누군가 내 이름을 불러주었는데, 그 사람이 평생을 미워하던 언니라는 사실에 도로 눈물이 났다. 언니가 준 가방과 화분을 그러안았다. 그래, 화분이 아니라 콩야. 콩야와 돈가방을 흔들리지 않도록 더 꽉 안았다.

택시에서만 해도 오백을 은정에게 줄 생각이었다. 시집가는 셈 치고 도와달라는 말이 딱히 거슬리지는 않았다. 부모가 되어 그 정도는 해줄 수 있지. 시집가기로 마음먹었으면 돈이 더 들 테니까. 지금 오백을 흔쾌히 내주고 시집가라고 해도 괜찮았다. 오히려 결혼하겠다고 하면 반가울 지경이었다. 그런데 변소 들어가는 마음 다르고 나오는 마음 다르다더니 그 말이 딱 맞았다. 집 현관에 들어서자마자 그 마음이 싹 사라졌다. 새삼스레 집을 둘러보다 허탈함이 밀려온 탓이었다.

집 안 구석구석을 뒤지기 시작했다. 언니의 일상으로 가득했던 언니의 집을 떠올리면서 집을 배회했다. 어딘가 한 곳은 나로 가득한 공간이 있겠지. 원근씨와 아이들 물건으로 가득한 집에서 어떻게든 내 것을 찾고 싶었다. 4인용 소파도 원근씨가 고른 것이었고 다른 가구들도 마찬가지였다. 고를 때조차도 함께하지 않았다. 이 소파가 처음 집에 도착했을 때 거무튀튀한 색도 마음에 들지 않았고 코를 찌르는 인조가죽냄새도 싫었다. 분주하게 고개를 이리저리 돌렸다. 아무리 시선을 옮겨도 마땅한 것이 없었다. 내가 죽어도 이 집에서는 나를 찾기는 글렀구나. 그런 생각을 하면서 옷장으로 향했다. 그러다 문득 시선이 멈추었다.

내 눈에 띈 곳은 뻥 뚫린 주방이었다. 얼마 전까지만 해도 저 주방에 서서 식탁과 거실을 바라보며 살아온 인생을 자축했던 것 같은데. 가족들을 바라보며 주방일을 할 수 있어서 개방형 주방을 선택했던 것이 우습다는 생각이 들었다. 늘 주방에 서서 식탁을 바라보았으므로 바라보는 곳에는 내가 없었다. 식탁에 앉지도 못하고 주방을 가로지르며 분주히 움직이는 내가 보였다. 바쁘게 요리하던 내가 움직임을 멈추고 몸을 돌렸다. 배 부근은 물에 젖었고 일회용 장갑을 낀 손에는 빨간 양념이 잔뜩 묻어 있었다.

나는 집 안에 있는 모든 수납장을 열어젖히기 시작했다. 싱크대, 베란다, 아이들 방을 가리지 않고 열어 내용물을 확인했다. 신혼 때 들고 온 촌스러운 수저 세트, 누군가 생일 선물로 주었던 믹서기, 남편이 아끼는 고급 낚싯대와 매일 닦아대는 난초, 아이들의 취미생활 물품이나 수집품, 어릴 때 입었던 옷 따위가 온통 집 안을 채우고 있었다. 그것이 아니라면 집안 살림을 위해 필요한 공구나 청소도구였다. 이제는 진짜 골이 났다. 이중에 내 것은 하나도 없었다. 내 것이라 하더라도 내가 마음에 들어 아끼는 것은 하나도 없었다. 있는지도, 없는지도 모른 채로 내 것이라고 분류되던 것뿐이었다. 이렇게 가진 것이 없다고? 환갑을 바라보는 나이에 손에 쥔 것이 하나도 없다고? 잔뜩 찌푸린 미간으로 피가 쏠리는 기분이 들어 간지러웠다. 이마를 벅벅 긁으며 옷장을 열었다. 눈으로 훑으며 옷가지를 뜯어내듯 꺼냈다. 모두 누가 사준 것들이었다. 원근씨가, 은석이, 은정이, 친한 언니가. 선물을 받았으니 좋아하는 체했지만 실은 하나도 마음에 들지 않았다. 물방울무늬 치마도 싫었고 주홍색 셔츠도 싫었다. 분홍색 스카프는 보자마자 촌스럽다고 생각했고……. 그렇게 마음에 안 드는 것을 다 꺼내고 나니 몇 벌 남지 않았다. 처음 월급을 받아 샀던 투피스 정장과 여러 번 고민하고 산 값싼 티셔츠 몇 벌이 전부였다. 바닥에 널

브러진 옷가지를 전부 비닐봉지에 쑤셔넣었다. 여전히 미간 사이가 간지러웠다.

옷을 꺼내고 빈 곳에 가져온 돈가방을 넣으려다 말았다. 옷장은 너무 눈에 띄었다. 좀더 은밀한 곳에 숨겨야 하는 거 아닌가? 불쑥 얼마 전 뉴스에서 본 이야기가 떠올랐다. 주방 싱크대 걸레받이 아래에 돈을 숨겨둔 것을 잊고 집을 팔았는데, 매도인과 매수인이 서로 그 돈에 대한 권리를 주장하며 법정 공방을 벌이고 있다는 소식이었다. 그래, 그런 곳에 숨겨야 한다. 특별한 일 없이 아무나 열어보지 않는 곳. 그러나 주방은 내키지 않았다. 개방형 주방이었기 때문에 집에 누군가 있다면 열어보기 곤란할 것이 분명했다. 뉴스의 마지막 멘트가 머리에 스쳤다.

'이사갈 때 싱크대 걸레받이, 옷장 안쪽, 욕실 천장에 둔 것이 없는지 꼭 확인하는 것이 좋겠습니다.'

욕실 천장이다. 욕실이라면 얼마든지 문을 잠그고 들어가 혼자만의 공간을 만들 수 있지 않나. 볼이 붉게 달아오르는 것이 느껴졌다. 이렇게 비상한 생각을 해내다니. 뿌듯함에 심장이 손끝에서 뛰는 것 같았다. 덩달아 손이 미세하게 떨렸다. 이전에 윗집에 누수가 생겨 천장 여는 것을 본 일이 있었다. 아래에 서서 슬쩍 밀어내기만 하면 되었다. 당장에 식탁 의자를 들고 안방 화장실로 갔다.

천장에 돈가방을 넣다 문득 그런 생각이 들었다. 화분에도 이름이 있는데 돈가방은 왜 돈가방인가 하는. 이제 온전히 내 것이 된 돈가방에 이름을 지어주고 싶었다. 그렇게 생각하니 답답하던 가슴이 뻥 뚫리는 기분이 들었다. 무언가 해소된 것 같았는데 그것이 무엇인지 말로 뱉어지지는 않았다. 천장에 얹은 돈가방의 끄트머리를 매만지다 문득 아침에 본 노견이 떠올랐다. 다정하게 자기 개를 부르던 아저씨의 음성이 귓가에 맴돌았다. 다정한 둘의 세계에서 가장 부드러웠던 단어. 돈가방에 밍키라는 이름을 붙여주기로 했다. 천장을 닫기 전 나도 아저씨를 따라 밍키를 불렀다. 높고 나긋하게. 두어 번 더 부르며 돈가방을 토닥였다. 천장 뚜껑을 닫으며 개운한 숨을 토했다. 나만의 세계가 생긴 것이다. 돈가방이 밍키고 나만의 세계도 밍키가 되었다. 입꼬리가 씰룩거리는 것을 참느라 윗입술에 자꾸만 힘이 들어갔다.

밍키를 욕실 천장에 숨기고 이름까지 짓고 나니 피곤이 몰려왔다. 비척비척 거실로 나와 소파에 주저앉았다. 짧은 시간 동안 너무 많은 일이 있던 탓이었다. 집이 남향이라 햇살이 거실을 가득 채웠다. 베란다에 내놓은 콩아는 빛을 받아 진한 초록 잎사귀가 더욱 빛났다. 발끝을 두어 번 흔들었다. 나도 모르게 옅은 콧노래가 나왔다. 점차 몸이 나른해지면서 소파가 나를 쭉 끌어당기는 기분이 들어 몸을 맡겼다. 서서히 눈꺼풀이 무거워지는 동안에도 감기는 눈 사이로 밍키가 있는 곳을 바라보았다. 오늘 이름을 지어주었으니 안부라도 물어야 할까.

그런 생각을 하며 잠깐 졸았다. 별안간 큰아들 은석의 말이 들렸다.

"엄마, 이제 고생 다 끝났으니까 내키는 일이 생기면 다 하고 살아."

알 수 없는 힘이 솟고 눈이 번쩍 뜨였다. 냉큼 천장의 밍키가 잘 있는지 확인하고 싶어졌다. 나는 벌떡 일어나 안방 화장실까지 내달렸다. 남편과 은정이 집에 돌아오려면 아직 멀었고 나는 딱히 할일도 없으니 한번 들여다보아도 괜찮은 때였다. 지척에 두고도 매번 들여다보지 못한다고 생각하니 더 애타는 마음이었다. 뒤꿈치를 한껏 들고 천장을 더듬었다. 툭툭 치면 열리던 천장이 아까와는 달리 쉽게 밀리지 않아 온몸에 힘을 주고 살짝 뛰었다. 안에 든 돈가방 때문에 자리가 잘못 잡혔나 싶어 더 애쓴 것이 화근이 되었다. 열리라는 천장은 열리지 않고 별안간 몸이 기우뚱하고 중심을 잃는 것이 느껴졌다.

나는 아는 형님 식당 일을 도와주고 있었다. 마주앉아 무를 썰던 형님은 평소처럼 건물값이 또 올랐다며 자랑을 늘어놓았다. 한 번 들어서는 자랑인 줄 모른다. 하지만 여러 번 반복해 듣다보면 자랑임을 쉽게 눈치챌 수 있다. 매번 레퍼토리가 똑같기 때문이다. 그럴 때면 형님을 향해 짐짓 부러워하는 소리를 내며 고개를 끄덕인다. 속으로는 영판 다른 생각을 한다. 건물값이 오르면 지금 무슨 소용인가 싶다. 당장은 식당 운영 때문에 묶여 있는 실정인데. 하물며 요즘처럼 이랬다저랬다 하는 세상에서 노른자 땅의 고급 아파트도 아니고 변두리 작은 상가 건물값이 어찌 될지는 알 수 없는 일이었다. 행여 꾸준히 가격이 오르거나 유지되더라도 그것이 다 무슨 소용인가 말이다. 건물값에 비하면 새 발의 피만큼도 못 되지만 나에게는 밍키가 있다. 밍키? 밍키가 잘 있나?

내가 별다른 반응을 보이지 않자 형님이 금세 화제를 돌린다. 얼마 전 아들이 빌려간 자신의 차를 시원하게 긁어먹었다는 푸념이었다. 그래 놓고 눈치는 보였는지 예쁜 화분을 사 들고 와 편지와 함께 선물로 주었다며 이것을 더 혼내야 할지, 이만 용서해주어야 할지 고민이라고 구시렁거렸다. 자식 농사 이야기라면 나도 덧붙일 말이 있다. 은석이는 워낙 깔끔하고 애가 침착하니 걱정이 없다. 제 밥벌이 알아서 하고 있고 연애는 안 하는 것 같지만 사람마다 다 때가 있는 법이니 보채지 않으려고 한다. 외려 은정이 걱정이다. 대학도 한 번에, 졸업도 한 번에, 취직도 한 번에 하던 애가 나이를 먹을수록 어째 어미말은 귓등으로도 안 듣는 것 같다고 걱정을 토로한다. 묵묵한 은석과 달리 어찌나 조잘거리기를 좋아하는지 좋은 이야기, 나쁜 이야기 가릴 것 없이 곁에 와 종알대는 것이 영 귀찮다. 자꾸만 별 이유도 없이 결혼도, 연애도 안 한다고 하니 마음이 조급해지는데 이것은 내 속도 모르고 부쩍 집안일을 간섭하느라 바쁘다. 아침을 차리지 말라고 하지 않나, 청소 당번을 정해서 한 가지씩 맡아서 하자고 고집하지 않나. 그거 다 나누어서 하면 나는 무엇을 하라는 거냐고 대꾸했더니 그동안 퇴근 없이 일했으니 이만 은퇴해도 된다고 한다. 여기까지 이야기를 쏟아내고 나면 형님의 형식적이지만 기분을 돋우는 시샘이 따라붙는다. 이래서 딸내미가 있어야 해. 역시 엄마 마음 알아주는 것은 딸내미뿐이야. 나도 하나 더 낳았어야 했어. 아들 하나 있는 것이 이제 와 이렇게 심심하네. 그러면 나도 못 이기는 척 대꾸한다. 형님 아들이 딸 노릇까지 하잖아요. 어느 집 아들이 실수하고 꽃이랑 편지 들고 와서 애교를 부리나. 형님이 듣고 싶은 말을 들었다는 듯 기분 좋게 웃는다. 이쯤 되면 어쩐지 이상하다. 모든 것이 생각하는 대로 되는 기분이다. 그제야 번뜩 무릎을 썰기 전에는 화장실에 있었음을 깨닫는다. 형님과 가게가 사라지고 다시 화장실로 돌아왔다. 아차, 밍키를 들여다보려던 참이었지. 다시 천장을 향해 손을 뻗었다. 뒤꿈치를 들고 손을 뻗는데 어째 천장이 더 높아진 것만 같다. 종아리에 더 힘을 주었다. 조금만 더.

손끝에 천장이 닿았을 때 정신이 들었다. 해가 완전히 넘어가 사방이 어두웠다. 종아리에 쥐가 올라온 탓에 비명을 지르며 옆으로 굴렀다. 그제야 방금 전 일이 모두 꿈이었음을 깨달았다. 꿈속에서 종아리에 힘을 준다는 것이 현실의 내 몸에 힘이 들어간 모양이었다. 나는 침대에 누워 있었고 퇴근하고 돌아왔을 원근씨가 후다닥 방으로 달려오는 소리가 들렸다. 내가 끝내 천장을 열었던가? 조바심에 쥐가 난 다리를 부여잡고 화장실 쪽으로 몸을 돌렸다. 어두워서 천장이 보이지 않아 애가 탔다. 도통 몸이 앞으로 나아가지 못했다. 종아리에는 바짝 힘이 들어가 끊어질 듯 아팠고 통증에 몸을 제대로 가누지 못했다. 하지만 행여라도 욕실 천장이 열려 있기라도 한다면. 내가 끝내 천장 뚜껑을 열어버린 채로 쓰러져 밍키의 존재가 드러나버리기라도 한다면. 나만의 비밀이 그렇게 허망하게 사라져버린다면. 종아리가 터질 것 같은 통증보다도 그것이 나를 더 절망스럽게 했다. 침대 귀퉁이에 다다랐을 무렵 원근씨가 들어와 불을 켰다. 어둠 속에서 한 걸음씩 앞으로 내딛던 참이라 갑작스레 쏟아지는 빛에 다시 중심을 잃었다. 침대 모서리인 줄 알고 짚은 것이 허공이었던 탓이다. 원근씨가 침대 아래로 쓰러지려는 나를 잡았다.

"이 사람이 왜 이래, 정말? 무슨 일 있어?"

그 와중에도 천장의 상태가 궁금해 화장실에서 눈을 떼지 못했다. 비로소 시야에 천장이 온전히 드러났다. 천장은 아무 일 없었다는 듯 말끔했다. 그제야 나는 고개를 돌리고 종아리 통증에 집중했다. 다리에 쥐가 난 것 같다고 말하자 원근씨가 손으로 부지런히 종아리를 주물렀다. 종종 다정한 사람. 그제야 주변이 눈에 들어왔다. 시계는 저녁식사 때를 훌쩍 넘긴 시간을 가리키고 있었다. 원근씨는 퇴근하고 돌아온 집이 너무 조용해 놀랐다며 나를 타박하면서도 주무르던 손을 멈추지 않았다. 낮잠도 안 자는 사람이 너무 편안한 얼굴로 깊이 잠든 것 같아 내버려두었다고 했다. 손바닥의 온기가 종아리에 충분히 느껴질 무렵 서서히 통증이 잦아들었다. 나는 멋쩍게 웃었다. 원근씨가 무슨 일 있냐며 재차 물었다. 아무것도 대답하지 않았다.

리빙포인트

1

영례에게 처음 꿈을 사겠다고 말한 사람은 솟대를 깎던 영감이었다. 일주일에 두어 번 시장에 나와 솟대를 팔았는데 그 근방을 자주 다니는 이라면 모를 수가 없었다. 단 몇 번이라도 그와 눈이 마주쳐 얼굴을 익히고 나면 그다음부터는 어김없이 "날이 좋지요?" 하고 안부를 물었다. 비가 와도, 눈이 와도, 작열하는 태양이 정수리를 따갑게 내리쬐어도 그의 인사말은 늘 같았다. 붙임성은 없지만 무례하기는 싫었던 영례는 늘 "네" 하고 답했다. 곧바로 시선을 거두는 통에 오랫동안 그와의 대화는 이어지지 못했다.

그에게 꿈에 관해 이야기한 것은 인사말이 바뀐 날이었다. 손에서 내려놓지 않던 조각칼과 솟대를 곁에 두고 귤을 까먹던 영감과 눈이 마주쳤다. 입안 가득 귤을 넣은 영감은 얼결에 날이 좋다는 인사 대신 밥 먹었느냐고 물었다. 영례는 며칠 잘 먹지 못했다고 답했다. 밥을 잘 먹지 못하는 이유를 설명하느라 10여 년간 시달린 악몽에 관한 이야기도 하게 되었다.

영례가 처음 꿈을 꾼 것은 숭례문이 불탔다는 뉴스를 보았을 때였다. 뉴스는 하루종일 화마에 휩싸인 숭례문을 보여주었고 전문가들의 탄식 섞인 답변을 연신 내보냈다. 까맣게 무너져내린 숭례문의 흔적을 보며 잠이 든 영례는 그날 밤 풍남문에서 시작된 불길이 자신의 집 대문까지 태우는 꿈을 꾸었다. 저 멀리 서울에서 일어난 일임을 분명하게 알고 있었는데도 그랬다.

그날 이후 악몽은 담쟁이덩굴처럼 영례의 삶을 뒤덮었다. 평온하고 조용한 일상이 자신과는 전혀 상관없는 누군가의 개인적인 악의로 침해당하게 될까 걱정되었다. 주변을 깨끗하고 정갈하게 닦는 모든 일이 무력하게 느껴졌고 자꾸만 일면식도 없는 누군가가 별것도 아닌 이유로 자신의 집 대문까지 찾아와 불을 놓는 악몽에 시달렸다. 그때부터 매일 농협 앞 정류장에 앉아 풍남문이라고 쓰인 현판을 한 번, 호남제일문이라고 쓰인 현판을 한 번 보다가 가야 마음이 놓였다. 그런데 며칠 힘에 부쳐 산책을 나오지 않은 것이 화근이었다. 밤새 불타는 집에 물을 퍼 나르느라 시달리고 나면 하루종일 힘이 쭉 빠져 입맛이 싹 달아났다.

이야기를 들으며 마지막 귤을 입에 털어넣은 솟대 영감이 양동이에 든 솟대를 신중하게 골랐다. 곧이어 솟대를 하나 집어 내밀었다. 자신은 꿈을 거의 꾸지 않는다며 영례에게 꿈을 팔라고 했다. 영감은 자신이 솟대에 쓰는 나무는 벼락 맞은 감태나무인데 거기에는 영험한 힘이 있다고 말했다. 악몽을 사더라도 자신은 솟대를 매일 만지고 있으니 괜찮을 것이라며 으스댔다. 영례는 머뭇대다 영감이 건넨 솟대를 받았다. 꿈을 팔 생각이었다.

　결과적으로 영례의 꿈은 팔리지 못했다. 솟대 영감이 만진다는 벼락 맞은 감태나무가 너무 영험한 덕에 악몽이 그에게 닿는 것을 막았거나 그의 말대로 원체 꿈을 꾸지 않는 사람이니 애초에 꿈을 살 수 없는 사람이었을지도 몰랐다.

　악몽은 계속되었지만 산책을 나서는 걸음이 전보다는 훨씬 가벼워졌다. 귤을 얻어먹었고 솟대를 받았으니 답례해야 하는 탓이었다. 영감이 건넨 귤과 솟대는 영례가 건네는 사탕이 되었다가, 다시 영감이 건네는 커피가 되었다가, 또 영례가 건네는 자두가 되었다. 받은 것을 돌려주기 위해서라도, 원래 그 자리에 있어야 할 것들이 잘 있는지 확인하기 위해서라도 매일 산책을 나서야 했다. 평생을 그렇게 살아왔기 때문에 그랬다. 쉽게 무언가를 얻으면 쉽게 베풀어야 뒤탈이 없는 법. 받은 것이 있을 때는 반드시 되갚아야 하는 것. 영례가 사는 동안 지켜온 제일의 규칙이었다. 무엇보다 아는 얼굴을 보며 반가운 인사를 건네고 챙겨온 주전부리를 나누는 일이 영례에게는 큰 위안이 되었다.

사람들은 혼자 있는 사람보다 여럿이 있는 사람들에게 쉽게 말을 건넸다. 솟대 영감을 시작으로 꽃집 주인, 노점상 아줌마와도 안부를 묻게 되었다. 혼자 시달리던 악몽은 인사를 나누는 이들과 공유하는 어려움이 되었고 가끔은 꿈속에서 물양동이를 혼자 들지 않아도 되었다. 얼굴을 익히고 소소하게 안부를 주고받는 동안 영례에게도 할일이 생겼다. 버스 정류장에 앉아 연필 두 자루를 깎는 일이었다.

2

지수를 처음 본 곳은 시장 입구 생선가게 앞에서였다. 영례에게 자식이 있었다면 손녀뻘쯤 되었을 젊은이는 시장 2층 화실에서 그림을 그려 팔았다. 지수는 솟대 영감처럼 눈이 마주쳐 인사를 나누게 된 사이는 아니었다. 오히려 늘 발견되는 쪽에 가까웠다. 자주 영례의 산책길 부근에서 헤매고 있거나 시장 바닥에 아무렇게나 쭈그리고 앉아 멍하니 어딘가를 바라보고 있었다. 분주한 시장에서 홀로 멈추어 있는 사람은 눈에 띄기 마련이었고 영례도 마주친 지 몇 번 만에 얼굴을 익혔다. 나중에는 멍한 얼굴을 한 젊은이가 어디를 배회하는지 확인하는 일까지가 산책의 일부처럼 느껴졌다. 지수는 영례가 자주 시간을 보내던 정류장에서 그림을 그리곤 했는데 땀을 비 오듯

흘리는 모습이 안쓰러워 손수건을 건넨 것이 인연이 되었다. 솟대 영감이 그랬던 것처럼.

손수건을 다시 돌려줄 때 지수는 자신의 화실로 영례를 초대했다. 세탁한 손수건을 작업실에 두고 왔다며 차라도 대접하겠다고. 호의는 고마웠으나 영례는 정류장에서 기다릴 참이었다. 부쩍 시큰거리는 무릎 때문에 계단이 버겁기도 했고 시장 2층은 젊은 장사꾼들과 그들의 고객이 주로 찾는 곳이었다. 젊은 사람들 노는 데 괜히 늙은 사람이 들어가 불필요한 주목을 받을까 겁이 났다. 그러나 한사코 정류장에서 기다리겠다는 영례의 말은 받아들여지지 못했다.

머뭇대며 들어선 지수의 작업실에는 연필로 그린 그림이 가득했다. 모두 시장과 풍남문 주변 풍경들이었다. 어떤 것은 천변의 나무였고, 어떤 것은 로터리에 멈추어 선 버스였다. 그제야 지수가 시장 일대를 배회하고 다닌 이유를 깨달았다. 영례를 작업실로 끌고 들어온 지수는 종이컵을 찾지 못해 한참이나 수선을 떨었다. 작업실에는 손님이 오간 흔적이 없었고 오랫동안 한 사람만 드나든 티가 났다. 영례는 그림을 차근차근 둘러보며 적막한 공간에서 그림을 그리는 지수를 상상했다.

"이제 그림을 그만 그릴까봐요."

지수가 양손에 종이컵을 들고 다가오며 말했다. 볼품없는 종이컵에 가득 담긴 찻물이 찰랑거렸다.

"왜요?"

"뭘 더 그리고 싶은지 모르겠어요."

"그린 것을 또 그리면 되지."

영례가 나란히 붙은 여러 점의 나무 그림을 가리키며 말했다. 이 나무들처럼.

영례는 지수가 건네는 종이컵을 받아들고 차를 한 모금 마셨다. 아직 우러나지 않아 아무런 맛이 나지 않았다.

"그건 재미가 없잖아요. 이미 모든 계절을 그렸어요. 이곳은 늘 여기에 있고요. 매일 똑같아요."

영례가 보기에 지수의 모든 그림에는 사람이 없었다. 나무, 풀, 꽃, 건물 따위로 가득찬 흑백의 세계가 벽면을 가득 메우고 있었다.

"그럼 안 그려본 것을 그려보는 건요? 그동안 풍경만 그린 것 같은데."

"글쎄요."

무어라 대답하려던 영례가 입을 다물었다. 그림 한 장이 영례의 발걸음을 멈추어 세웠다. 눈 덮인 풍남문 그림을 자세히 들여다보던 영례가 물었다.

"그림을 가르치는 건 어때요? 건물 그리는 법을 배우고 싶어요."

3

그날 이후로 날마다 연필 두 자루씩을 깎고 풍남문을 그렸다. 연필을 깎는 것은 그림 수업료 대신이었다. 전날 받아온 연필을 깎고 있으면 약속한 시간에 지수가 정류장으로 내려왔다. 지수는 영례가 건네는 연필을 받고 나란히 앉아 그림에 관한 조언을 덧붙였다. 덕분에 영례는 연필로 그린 풍남문 그림을 들고 집에 돌아가곤 했다.

사실 날마다 아무런 변화도 없는 건물을 들여다보는 것은 썩 즐거운 일이 아니었다. 그저 혼자 남은 밤에 악몽이 찾아오지 않기를 바라는 마음 하나로 계속하는 일이었다. 때문에 영례는 새로운 일정이 퍽 마음에 들었다. 솟대 영감은 손을 바쁘게 움직이는데 그 옆에서 무안하게 앉아 있지 않아도 되어서 좋았고, 무료하고 심란하게 정류장에 앉아 시간을 축내지 않아도 되어서 좋았다. 종래에는 솟대 영감과 지수 모두의 동료가 된 기분이 들기도 했다. 솟대 영감과는 여전히 주전부리를 나누어먹었고 노점 아주머니와 딸의 종교분쟁 이야기도 들었다(그는 늘 손목에 염주를 차고 다녔는데 오랫동안 불교 신자였던 딸이 꿰어준 것이었다. 그 딸은 얼마 전에 기독교로 개종했다. 노점 아주머니는 가톨릭 신자였고 불자였던 딸을 그리워했다).

지수는 영례에게 구도 잡는 법을 가르쳐주었다. 그뒤로 한 계절을 영례와 함께 풍남문을 그렸다. 사각거리는 연필소리를 배경삼아 가르침을 핑계로 나란히 앉아 이런저런 이야기를 나누었다.

영례는 제자리에 있던 것이 없어지는 상상을 하면 괴롭다고 말했다. 삶이 파괴되는 방식은 그렇게 알 수 없는 것에서부터 시작된다고 믿었다. 자신도 모르는 채로 주변의 것들이 사라지고 무너지면 파괴와 소멸이 눈 깜짝할 사이에 발치에도 이르게 될 것이라고. 그래서 변화하는 것이 싫었고, 사라지는 것이 싫었노라고. 일상이 큰 변화 없이 계속되기를 바란다고 말했다. 오직 나를 힘들게 하는 것은 안녕하지 못한 잠자리뿐이라며 진저리를 쳤다. 그런 영례를 보고 지수는 재이라며 웃었다. 자신은 오히려 변화하는 순간들을 즐긴다고 했다. 때때로 어떤 변화는 무너지던 삶을 새로 일으킬 힘을 주기도 하지 않느냐며.

영례는 일단 고개를 끄덕였다. 실은 재이라는 말뜻을 알지 못했다. 그 말이 계속 신경쓰여 뒤의 대화에 통 집중하지 못했다. 그렇다고 자신보다 어린 지수에게 단어 뜻을 물어보는 일은 부끄러웠다. 짐짓 알아들은 척 심각하게 고개를 끄덕이며 다시 연필을 쥐고 종이와 풍남문을 번갈아보았다. 영례는 지수 몰래 종이 한 귀퉁이에 자신만 알아볼 수 있도록 '재이'라고 적었다.

영례는 오랫동안 교편을 잡았다. 취미가 산책과 독서인 영례에게 알아듣지 못하는 단어가 있다는 것은 자존심에 금이 가는 일이기도 했다. 배울 만큼 배웠고 도서관에 가는 일도 결코 게을리하지 않았는데 뜻이 짐작조차 되지 않는 단어라니. 영례는 아주 오랜만에 진땀이 났다. 재이. 집으로 가는 길 내내 그 단어를 읊조렸다.

결국 궁금증을 참지 못하고 도서관에 들렀다. 컴퓨터 앞에 앉아 마른손을 비볐다. 다 늙어서 배운 것은 오랫동안 반복했더라도 사람을 늘 긴장하게 만들었다. 혹시 기다리는 이가 없는지 좌우를 살폈다. 뒤에서 재촉하는 이는 없었지만 자리에서 고개를 내밀고 영례를 바라보던 사서와 눈이 마주쳤다. 그는 영례가 말이라도 걸세라 급히 시선을 거두었다. 영례도 덩달아 마음이 급해졌다. 누가 다가와 말을 걸거나 재촉할 것만 같았다. 서툴고 느리게 컴퓨터를 조작하는 모습이 눈에 띌까 싶기도 했다. 주변을 의식하는 통에 컴퓨터를 만지는 어색한 손이 자꾸만 오타를 냈다.

단어의 뜻을 읽으며 정류장에서 나눈 대화를 곱씹었다. 재이. 재앙이 되는 괴이한 일. 하기야 같은 악몽을 꾸는 것이 괴이한 일이기는 하지. 국보 1호가 불탄 것은 재앙이기도 했고. 그러나 재앙이 먼저였고 괴이한 일은 나중이었다. 영례는 지수가 단어를 잘못 말한 것이라고 생각했다. 새삼스레 어린 지수가 어려운 한자어를 쓴다는 데 놀란 것도 잠시, 단어를 잘못 사용하지 않도록 조심해야겠다고 다짐했다. 공연히 어려운 말을 쓰다가는 이런 식으로 실수하기 마련이었다. 진짜 배운 사람은 어려운 이야기도 쉽게 말할 수 있어야 한다던 글귀가 떠올랐다. 인터넷 검색창을 닫고 홀가분한 마음으로 자리에서 일어났다. 동시에 어른에게 그런 말을 하면서 왜 웃었는지 이해할 수 없었다. 지수가 말한 것이 한자어 '재이'가 아니라 알파벳 제이였다는 사실은 아주 나중에야 알았다.

4

두번째로 영례에게 꿈을 사겠다고 한 사람은 지수였다. 영례는 기꺼이 꿈을 팔겠노라고 답했다. 솟대 영감에게 꿈을 팔 때보다 가벼운 마음이었다. 악몽이 끝나리라 기대하지 않았기 때문이다. 오히려 주변 사람들이 자신을 생각해준다고, 부럼을 깨무는 기분에 가까웠다.

10여 년 동안 집에서 시장까지의 길을 오갔지만 근래 들어 나이든 것을 하루하루 더 실감하고 있었다. 도통 기운이 나지 않는 날에는 옴짝달싹할 수 없었다. 대신 그동안 쌓아둔 그림들을 가만히 앉아 넘겨보았다. 오래된 것부터 켜켜이 쌓아올린 종이 뭉치를 보고 있으면 지나온 계절이 저절로 헤아려졌다. 게다가 맨 앞 장에 쌓인 것일수록 제법 볼 만한 그림이 되었다.

그림 실력이 늘면서 시장 2층으로 올라서는 일도 점점 더 익숙해졌다. 계단을 오르고 내리는 일은 여전히 힘들었지만 젊은이들 공간에 침투하고 있다는 감각은 점차 무뎌졌다. 꼭 지수의 화실이 아니더라도 그 옆의 서점에도, 빵집에도 들렀다. 어느 날은 지수가 옆 가게 소바가 여름의 끝을 전하며 메뉴에서 사라진다고 영례를 재촉했다. 어떤 가게들은 자신 같은

노인이 들어가도 될까 싶어 망설여졌지만 지수와 함께라면 이야기가 달랐다. 처음 지수의 화실에 들르기 위해 끌려갔던 것처럼 못 이기는 척 지수를 따라 작은 식당으로 들어섰다.

식사가 끝날 무렵 지수는 영례에게 왜 그렇게 풍남문에 집착하느냐고 물었다. 영례는 잠시 동안 집착에 대해 생각하다 얼마 남지 않은 소바 그릇을 젓가락으로 휘저었다. 집착이었나? 아닌 것이 분명했다. 오히려 영례가 집착하는 것은 무탈한 일상이었다. 소란스러움으로 가득한 세상이 영례를 방해하는 것에 가깝다고 생각했다.

마지막 남은 메밀면을 후루룩 소리를 내며 빨아들였다. 면에 딸려온 소바 국물이 코끝에 튀었다. 예상할 수 없는 일은 이 정도가 알맞았다. 당장 휴지를 들어 코에 묻은 국물을 닦아내면 되는 정도. 오히려 집착하는 쪽은 세상이었다. 세상이 영례를 괴롭히는 것이었다. 영례는 집착이라는 단어를 언급하지 않고서 오랫동안 계속되는 악몽을 설명했다.

식사를 마치고 지수와 함께 일어섰다. 아직 해야 할 이야기가 한참 남아 있었다. 악몽에 관한 이야기는 이제 막 숭례문이 불타던 날의 일과를 설명한 정도였다. 이야기를 나누며 머물 곳을 고민하다 지수를 자신의 집으로 초대하기로 마음먹었다. 지수가 자신의 화실이 있는 시장 2층으로 영례를 이끈 것처럼 영례도 자신이 자주 오가는 천변 너머의 동네를 소개하고 싶었다. 마침 전날에 담가둔 식혜가 생각났다. 시원한 식혜를 한 잔 대접하면 좋을 것 같았다. 식혜를 대접하고 싶다는 영례의 말에 지수는 순순히 시장을 나섰다.

싸전다리를 건너는 동안 천에서 시원한 바람이 불어왔다. 별다른 대꾸 없이 영례의 이야기를 듣던 지수가 걸음을 멈추고 난간에 기대섰다.

"전에 말씀해주신 거 있잖아요. 나무를 그려보라던 거요."

다리 아래서 두런두런 떠드는 소리가 울렸다. 영례는 가만히 지수의 다음 말을 기다렸다.

"천변을 따라 걸으면서 나무를 그려보려고요."

영례의 이야기는 여전히 끝나지 않은 채였다. 풍남문에서 시작된 불길이 영례의 집 대문까지 들이닥치는 부분을 설명해야 했다. 밤새 꿈에서 불을 끄느라 기진맥진하던 이야기와 솟대 영감에게 악몽을 팔았던 이야기는 아직 시작조차 하지 못했다.

"혹시 꿈에서 이 천변도 불바다였어요?"

"글쎄. 여기는 기억에 없는데…… 물이 지나가니까 불이 안 나지 않을까요?"

영례는 처음으로 꿈이 이상하다고 생각했다. 풍남문에서 치솟은 불길을 무기력하게 바라보다 현판이 떨어지고 나면 득달같이 집으로 뛰어갔다. 그러나 불이 번지는 속도는 늘 영례보다 빨라서 항상 불이 옮겨붙은 대문 앞에 주저앉았다. 늘 천변을 가로질러 풍남문을 향해 걸었으면서도 그 불이 어디서 시작된 것인지는 본 적이 없었다. 하지만 원래 꿈은 그런 것이 아니닌가? 조각났지만 강렬한 장면들의 나열 같은 것. 지수는 다리 아래로 시선을 고정하고 말했다.

"조만간 여기 있는 나무를 전부 베어낼 거래요."

"누가요? 나무에 불이 날까봐요?"

"아니요. 홍수 때문이래요. 내일부터 2층 상인 몇 분하고, 시민 몇 분하고 돌아가며 보초를 서기로 했어요."

걸음을 이어갈 생각이 없어 보이는 지수 곁에 영례가 나란히 섰다. 발바닥이 조금 당겼지만 잠시 바람을 맞으며 이야기를 나누는 것도 나쁘지 않을 듯했다. 천변을 따라 길게 늘어선 버드나무가 이리저리 머리를 흔들었다. 물이 흐르는 소리, 바람에 나뭇가지 나부끼는 소리와 차소리 사이로 지수와 영례의 목소리가 계속해서 이어졌다. 몇 마디 질문하던 지수는 얼마 지나지 않아 말을 멈추었다. 계속해서 소리를 채우고 있는 것은 영례의 목소리였다. 문득 자신이 너무 수다스럽다고 생각했지만 금세 잊어버렸다. 막 솟대 영감에게 꿈을 팔려다가 실패한 이야기로 이어졌기 때문이다. 이제부터 진짜 이야기가 시작되는 셈이었다.

밑없이 꿈 이야기를 듣던 지수가 별안간 기대었던 몸을 일으켜세웠다. 가만히 물길을 들여다보던 눈을 영례에게 고정했다. 그러고는 잠깐만 기다리라는 말과 함께 쌩하니 사라져버렸다. 언제는 늘 같은 모습인 천변이 지겹다더니. 나무들이 사라질까 동동거리는 지수의 모습이 당황스러웠다. 이곳이 질렸던 것이 아닌가? 마음이 떠난 곳이라면 아무래도 상관없는 것 아닌가.

얼마 지나지 않아 헉헉대며 돌아온 지수의 손에는 풍남문 그림이 들려 있었다. 지수의 화실에 처음 방문했을 때 영례가 가장 오래도록 들여다보던 그림이었다. 지수는 그 그림을 바짝 내밀었다. 자세히 보니 이전과 달라진 것이 있었다. 눈 덮인 풍남문을 바라보는 이가 새로 생겼다. 영례는 한눈에 그 뒷모습이 자신임을 알아차렸다.

"그 꿈 저한테 팔아보시면 어때요?"

영례는 알 수 없이 희망으로 가득찬 지수의 눈을 똑바로 바라보기가 어려웠다. 쉽사리 입이 떨어지지 않았는데 여러모로 심경이 복잡한 탓이었다. 첫째는 지수의 생각을 따라갈 수 없어 혼란스러웠고, 둘째는 다들 이 꿈을 사지 못해 안달복달인지 알 수 없었다. 꽃집 아주머니가 불이 나는 꿈은 길몽이라던데 영례에게는 분명히 악몽이었다. 불이 나는 꿈을 꾸고 나면 어김없이 몸이 아팠다. 눈에 띄게 잘된 것은 없었고 유독 고된 하루와 꾸준한 늙음만이 남았다. 길몽이라면 좀더 나은 무언가가 있어야만 했다. 영례는 이것에 대해서 질문하고 싶었지만 알맞은 표현이 떠오르지 않았다.

"그 꿈을 꾸시는 내내 풍남문은 무사했잖아요. 저도 나무들이 전부 무사했으면 좋겠어요. 그러니까 그 꿈 저에게 파세요.

풍남문 그림으로 살게요."

결국 영례는 그림을 받고 지수에게 꿈을 팔았다. 솟대 영감에게 꿈 파는 일을 실패한 적이 있었기 때문에 당연히 지수에게도 꿈을 팔 수 없을 줄 알았다. 어쨌든 심란해 보이는 그림 선생에게 위로가 될 수 있다면 그것으로 괜찮지 않을까. 지수에게 꿈을 팔겠다고 한 것은 영례가 지수에게 어른으로서 선의를 베푸는 일에 가까웠다. 지수는 그림을 영례 손에 쥐여주고는 곧장 시작하겠다며 다시 화실로 발걸음을 돌렸다. 식혜를 대접하겠다는 영례의 말은 까맣게 잃어버린 듯했다. 영례는 그동안 자신이 그린 것보다 훨씬 섬세하고 진짜 같은 풍남문 그림을 들고 혼자 집으로 돌아왔다.

5

영례는 며칠 동안 시장에서 지수를 만나지 못했다. 화실에도, 보초를 선다던 천변에도 없었다. 소리소문 없이 사라진 지수를 두고 영례가 할 수 있는 일은 딱히 없었다. 그저 무탈하기를, 다시 보면 반갑게 지난 안부를 물을 수 있기를 기다렸다.

한참 만에 수척해진 모습으로 지수가 영례 앞에 모습을 드러냈다. 말하지 않아도 알 수 있었다. 지수가 꿈을 사가는 데 성공한 것이 분명했다. 며칠 사이 영례는 산책을 나서지 못한 날에도 꿈을 꾸지 않았던 것이다. 악몽을 꾸었다는 사실조차 잊은 채 깊고 편안한 잠을 잔 지 일주일이 되었다. 그러나 지수가 꿈을 사간 것이 무색하게 머지않아 천변의 나무들은 모두 잘려나갔다.

꿈이 지수에게 팔린 것에 대해 영례는 어찌하면 좋을지 알 수 없었다. 영례의 경우 숭례문은 이미 불탔고 풍남문은 여전한 채로 악몽에 시달렸다. 그러나 지수가 부적이라 믿고 사간 악몽은 실제로 일어난 일이 되어버렸다. 비단 시장 주변 천변만의 문제가 아니었다. 천을 따라 길게 늘어서 장관을 이루던 버드나무들이 새벽에, 속수무책으로, 아무도 모르게, 졸속으로 잘려나갔다. 정말로 영례의 꿈이 지수에게 팔린 것이 아닐 수도 있었다. 사실 영례의 꿈은 그냥 끝날 때가 되어 사라진 것이고 젊은 지수에게도 영례와 비슷하게 괴로운 악몽이 시작되었을 수도 있었다. 비슷한 경험을 공유하는 것일 뿐 별개의 사건일지도 몰랐다. 꿈을 사고판다는 일 자체가 마음 편해지려고 하는 것이니까. 진짜 어찌 된 영문인지는 아무도 알 수 없었다. 그러나 영례는 자꾸만 지수에게 사기를 친 것만 같은 기분이 들어 괴로웠다.

얼마 뒤 물가의 나무를 몽땅 자른 덕에 홍수 피해가 없었다는 기사가 지역 신문에 도배되었다. 사람들은 천변 산책로의 뙤약볕을 가려주던 것이 흐느적거리며 을씨년스러운 분위기를 자아내던 버드나무였다는 사실을 그다음 여름이 되어서야 뒤늦게 깨달았다.

버스에서 내린 지수가 영례 옆으로 무너지듯 주저앉았다.

아주 작은 목소리로 말하기 시작했는데 무슨 소리를 하는지 알아듣기 위해서 지수 쪽으로 몸을 기울여야만 했다. 계속해서 나무가 잘려나가는 꿈을 꾸었고, 마침내 나무 밑동처럼 잘려나간 자기 손가락들을 허망하게 바라보며 잠에서 깬다고 했다. 지수는 아침마다 무기력함을 온몸으로 느끼며 잠에서 깼다. 특히 손가락과 손목이 너무 아파 내내 손가락 하나 까딱하지 못하고 누워 있을 수밖에 없었다고 했다. 기어들어갈 정도로 작게 말하는 지수의 음성은 도로의 소음에 쉽게 묻혔다. 영례는 분주하게 움직이던 손을 멈추고 편의점에서 보리차 하나를 사왔다.

풍남문이 늘 그 자리에 머물러 위로를 얻은 영례의 방식은 이제 낡은 것이 되었다. 잘려나간 밑동을 잊고 다른 것을 그려보라고 제안하기에도 면이 서지 않았다. 영례는 악몽마저도 자신의 일상으로 받아들여야 했다고 자책했다. 괜히 악몽을 파느니 마느니 하는 통에 부정을 탄 것일지도 몰랐다. 그러면서도 선뜻 악몽을 되팔라는 이야기가 입 밖으로 나오지 않았다.

수척해진 지수가 정류장에 등장하고도 화실에는 오랫동안 불이 켜지지 않았다. 종종 같이 있던 아가씨는 어디 갔느냐며 묻는 이들이 있었지만 영례는 못 들은 체했다. 악몽을 꾸는 일에 익숙해지려면 시간이 좀더 필요하다는 사실을 잘 알고 있는 탓이었다. 그래도 지수가 빨리 털고 일상을 회복하기를 바라면서 영례는 집으로 가는 길에 불 꺼진 화실에 들렀다.

지수를 만나지 않고도, 남부시장에 나가 시간을 보내지 않고도 영례의 일상은 순조롭게 흘러갔다. 계속해서 마음이 쓰이기는 했으나 더이상 영례가 할 수 있는 일은 없었다. 지수와 영례의 사이는 그런 정도였다. 매일 만나는 곳이 있어 서로가 그곳에 나와 있어야만 하는, 연락처나 사는 곳을 알아서 부러 찾아가 안부를 물을 수도 없는, 한쪽이 훌쩍 사라지면 기억 저편으로 흩어지고 마는 사이. 불 꺼진 화실을 보면 어떻게든 찾아가 들여다볼까 싶었지만 영례가 할 수 있는 일은 기다리는 것뿐이었다.

악몽이 없는 일상은 너무나 평온했다. 시장 로터리에 앉아 풍남문을 감시하는 대신 도서관에서 시간을 보냈다. 영례는 더이상 주변을 두리번거리며 살피지 않아도 되었고 심란한 시선으로 구석구석을 의심하며 들여다보지 않아도 되었다. 발끝에 작은 날개라도 달린 것처럼 모든 발걸음이 가벼웠다.

6

여전히 화실에는 불이 켜지지 않았지만 악몽을 판 다리에서 종종 지수를 보았다. 가벼운 눈인사와 간단한 인사말만 주고받을 뿐이었다. 날씨가 좋지 않냐고 질문할 수는 없어서 늘 밥 먹었느냐고 물었다. 지수는 대체로 고개를 젓거나 대충 고개를 끄덕이며 더 먼 곳으로 시선을 돌린 채 사라졌다. 그러나 영례는 지나치려는 지수를 붙잡고 계속해서 밥 먹었느냐고 물었다. 자꾸만 지수가 신경쓰였다. 악몽을 꾸지 않게 된 일은 기쁘고도 홀가분했으나 지수의 연필을 깎아주지 못하는 일은 기쁘지 않았다.

하루는 지수의 화실 문 앞에 못 보던 종이가 붙어 있는 것을 보았다. 지수가 자리를 뺐는 줄 알고 허겁지겁 발걸음을 옮겼다. 급히 걷다 벽에 붙은 손잡이에 팔을 부딪쳤지만 아픈 줄도 몰랐다. 다행히도 화실에 붙은 종잇조각은 임대 딱지가 아니었다. 버드나무 추모제라는 행사에 관한 포스터였다. 영례는 버드나무 추모제의 날짜와 장소를 외우기 위해 여러 번 소리 내어 읽었다.

포스터에 적힌 날짜를 물끄러미 보던 영례는 가만히 손가락을 오므렸다. 행사 날짜는 오늘이었고 뻣뻣하게 움직이는 손가락을 보며 지수의 꿈을 떠올렸다. 영례의 악몽은 불이 나는 것이었다. 지수처럼 몸이 잘려나가는 꿈을 꾸지는 않았다. 악몽을 꾸고 나면 무기력하고 외롭기는 했으나 어디가 아프다거나 욱신거리지도 않았다. 영례는 지수의 고통을 상상해보려다 말고 발걸음을 돌렸다. 지수에게 완전히 공감해주고 싶었지만 가능한 일이 아니었다. 저마다의 삶이 다르고 경험이 다른 만큼 애를 써도 완전히 이해할 수 없는 일이 훨씬 더 많았다. 아무도 영례의 악몽을 오롯이 이해하지 못했던 것처럼.

영례는 집으로 돌아가는 길에 천변을 내려다보지 않으려고 애썼다. 이미 추모제를 시작하고도 남을 시간이었다. 악몽을 되살릴 용기도 없으면서 어설프게 공감하는 척 위로하는 행동은 오만이라고 생각했다. 대신 숭례문이 불타고 무기력했던 자신을 떠올렸다. 영례는 그때도 분명하게 알고 있었다. 이미 일어난 일을, 사라져버린 것을 되돌릴 수는 없는 일이라고. 그래서 지수의 무력감을 같이 느끼고 싶지도 않았다. 영례는 아무에게도 들리지 않게 기도하듯 같은 말을 되뇌었다. 언젠가는 지수를 보듬을 만한 좋은 방법이 떠오를 것이다. 시간이 지나면 좋은 계획이 떠오를 것이다. 시간이 지나면…… 자꾸만 느려지는 발걸음을 집으로 옮기려 애썼다.

다리를 중간쯤 건너갈 무렵 시선을 땅에 고정한 채 중얼거리며 걷던 영례의 머리를 들어올리게 한 이는 솟대 영감이었다. 이렇게 늦은 시간에 시장에 나가느냐 묻는 영례에게 영감은 고개를 저었다. 오랜만에 약속이 있어 집에 들렀다 다시 시내로 나가는 길이라고 했다. 적당한 인사를 나누었고 서로 바쁜 일이 있는 듯 걸음을 재촉하려던 참이었다. 솟대 영감이 영례를 불러 세웠다.

"참, 식사는 잘 하지요?"

영감의 말에 영례가 고개를 끄덕였다. 고개를 미처 멈추기도 전에 솟대 영감은 몸을 돌려 발걸음을 옮겼다. 영례는 갑작스러운 만남에 건네뎐 안부를 묻는 솟대 영감이 참 지독하다고 생각했다. 잠시 마주친 솟대 영감의 눈이 어쩐지 영례를 책망하는 것 같았다. 영례는 멀어지는 솟대 영감의 뒤통수를 노려보다 고개를 돌렸다. 그러다 무심코 천변 아래로 시선을 돌리고 말았다.

사람들은 저마다 거칠게 잘려나간 버드나무 밑동에 자리잡고 앉아 있었다. 무어라 큰 소리로 말하고 있는 것 같았지만 잘 들리지 않았다. 더러 가까이 있는 밑동들도 있었지만 홀로 동떨어진 밑동도 있었다. 행사를 진행하는 사람과 가장 멀리 떨어진 밑동에 지수가 우두커니 앉아 있는 모습이 영례의 눈에 들어왔다. 굽은 지수의 등을 어렵지 않게 찾아낼 수 있었던 것은 오랫동안 그녀를 관찰한 덕이었다. 지수 곁에 바짝 붙은 다른 밑동은 비어 있는 채였다.

영례는 다급하게 천변으로 내려가는 계단을 찾아 달음박질쳤다. 욱신거리는 무릎은 영례를 멈추어 세우지 못했다. 오랜만에 본 지수 곁에 앉아 밥을 먹었느냐고 물어야 했다.

독립

*

　퇴근길의 조명을 보고서야 때를 안다. 연등 조명이 달리면 5월이고 잎을 잃은 나무에 붉은빛이 돌면 12월이다. 연휴가 다가오면 북적이고 싶다가도 사람들과 부대끼는 일이 금세 귀찮아진다. 불규칙한 퇴근 탓에 이렇다 할 취미도 없다. 매일 같은 길을 오가다 때가 느껴지는 날이면 광장에서 조금 머무르는 것이 유일한 재미다. 유행하는 길거리 음식을 하나 사 들고 풍남문 광장 한 귀퉁이에 앉아 관광객처럼 시간을 보낸다. 오가는 사람들을 구경하고 번쩍거리는 상점들을 구경하다보면 심심한 연휴의 헛헛함이 잠시 가신다. 이렇게 잠깐 내가 원하는 만큼 북적임을 즐기면 그만이다. 오늘따라 무척 피곤하다.

　평소처럼 집에 들어서자마자 신발도 벗지 않은 채 현관에 누웠다. 아무런 생각이 들지 않는다고 생각했다. 그러다 어떻게 아무런 생각도 들지 않을 수 있는지에 대해 생각했다. 적막에 잠겨도 머릿속이 복잡한 것은 매한가지였다. 명상하면 소란이 잦아들려나? 아니다. 가부좌를 틀고도 이런 생각을 멈추지는 못할 터다. 어떻게 하면 생각을 멈출 수 있을까를 계속해서 생각하는 와중에 현관 센서등이 꺼졌다. 그제야 몸을 일으켰다. 집 안의 불은 켜지 않았다. 주변에는 건물이 많았고, 사람이 많았으며, 골목마다 가로등이 많았다. 밖이 꽤 밝아서 저녁이 되어도 괜찮았다. 거리의 휘황찬란한 불빛만으로도 혼자 사는 집이 넘치게 소란스러웠다. 뜨거운 물로 씻고 나와 세탁기 앞에 무릎을 모으고 쪼그려 앉았다. 집에서 가장 평화로울 때는 젖은 머리로 세탁기를 구경하는 순간이다. 베란다에서 내다보이는 옆 건물 사무실에는 저녁이면 거의 다 퇴근하고 몇 명 남지 않았다. 빈 건물을 마주한 베란다에는 조용한 어둠을 비집고 들어오는 소란한 빛도 거의 없었다. 빛나는 것은 남은 시간을 알리는 세탁기 조명뿐이었다. 세탁기의 줄어드는 시간을 바라보면서 가만히 앉아 있는 것을 좋아했다. 각기 다른 시간을 보낸 옷들이 한데 모이고 섞이며 시간을 잡아먹는 동그란 세탁기 안을 구경하고 있으면 마음이 편했다. 이렇게 고요를 즐기다 빨래를 널고 이불 속으로 들어가 잠드는 상상을 했다. 나쁘지 않은 하루의 마무리라고 소감을 남기기도 하면서. 그런 고요를 깬 것은 핸드폰 진동이었다. 베란다에서 나와 방의 불을 켰다. 소란하게 방을 채우고 있던 오만가지 불빛이 하얀 LED 조명에 쫓겨 일순간 사라졌다. 아직 하나의 일정이 더 남아 있었다. 고요를 깨는 전화를 받는 일. 전화를 건 사람은 엄마였다.

엄마에게 제발 취미를 가지라고 들들 볶아댄 것이 수년이었다. 얼마 전 드디어 또래 여성들로만 구성된 등산 모임에 가입했다. 이름이 두근산악동호회였나. 두번째 근강을 위해서 뭐 이런 뜻이었는데……. 어쨌거나 회장인 예옥 이모에게 영양제를 선물하며 엄마를 끼워달라고 은밀하게 부탁해 얻은 새 모임이었다. 그길로 엄마는 학창시절 친구들이 몇몇 있는 등산 동호회에 합류하게 되었다. 예옥 이모는 예스 이모라고 불렸다. 엄마가 처음 이모의 이름을 알려줄 때 이렇게 덧붙였다.

"사람이 이름 따라 산다고 걔는 무슨 말을 하든, 부탁을 하든 간에 예스, 오케이를 달고 산다. 신기하지? 나도 그렇게 살고 싶어. 긍정적으로. 기쁜 마음으로."

엄마는 예옥 이모를 따라 전국의 산을 타기 시작했다. 한동안 격주로 반복되는 등산 일정을 무척 기다리는 것처럼 보였다. 덕분에 저녁이면 시도 때도 없이 걸려오던 전화가 잠잠했다. 대신 격주에 한 번 새로 찍은 카카오톡 프로필 사진으로 소식을 전했다. 엄마가 한 달 넘게 알맹이 없는 전화를 멈추었을 때는 조금 허전하기까지 했다. 나 역시 별다른 취미가 없었고 혼자 있는 집에서 애매한 저녁시간을 때우려고 엄마와 실없는 통화를 한 것이었나 싶었다. 짜증이 불쑥 명치에서 들끓었다. 딱히 어디에 화풀이할 곳도 없었으므로 나는 새로운 취미를 개발해야겠다고 마음먹었다. 엄마만 즐겁게 놀 수는 없었다. 나도 재미있는 취미를 찾을 생각이었다. 그런데 요 며칠 사이 저녁마다 다시 전화가 오기 시작했다.

"밥은?"

늘 같은 질문으로 통화가 시작되기는 하지만 저 말은 질문이 아니었다. 할말이 많으니 밥을 먹었는지, 안 먹었는지 설명하라는 뜻이었다. 먹고 있다거나 아직 먹지 않았다면 이따가 통화하자며 전화를 끊었다. 먹었다고 답하면 이제 엄마가 하고 싶은 이야기를 본격적으로 하는 식이었다. 하지만 체면치레에 가까운 서두도 생략하는 날이 있다. 바로 오늘 같은 날.

"그 얄미운 것이 뭐라는 줄 알아? 하, 나 참 기가 막혀서. 그래서 우리끼리 걔 없을 때는 퉁퉁이라고 불러, 퉁퉁이. 맨날 무슨 말만 하면 퉁퉁대서. 이건 싫다, 저건 원래 안 하는 거다. 아주 입을 댓 발 내밀고는……."

엄마에게 취미를 가지라고 한 것은 이런 이야기를 나눌 친구를 더 찾으라는 뜻이었다. 모임에서 분란이 생길 때마다 언제든지 꺼내서 분풀이할 수 있는 비밀 친구가 되겠다는 말이 아니었다. 이제 막 등장인물 소개가 끝이 났으니 곧 무슨 일이 있었는지 차근차근 말하기 시작할 터다. 퉁퉁이라고 불리는 사람의 이야기를 들으며 집 구석구석으로 시선을 던졌다. 이상하게 꼭 통화가 시작되면 해야 할 일이 떠올랐다. 나는 핸드폰을 내려놓고 스피커폰으로 바꾸었다. 며칠째 건조대에 방치되어 있는 빨래가 거슬려 참을 수 없었다. 건조대에 시선을 고정한 채 맥없이 수건을 접어 쌓기 시작했다. 엄마는 막 퉁퉁이가 얼마나 얄미운지에 대해서 세번째 에피소드를 늘어놓는 중이었다. 수건을 다 걷고 나니 축 늘어진 건조대의 한쪽 날개가 눈에 거슬렸다. 언젠가 빨래 건조대의 지지대 한쪽이 휘어져 자꾸만 빨래를 떨어뜨렸다. 건조대 자체를 새로 사볼 생각도 했지만 마트에서 집까지 커다란 물건을 들고 오는 일에는 결심이 필요했다. 인터넷 구매도 잠시 고민했다. 안 그래도 지구에게 미안한 짓을 많이 하고 살았는데, 조금 애쓰면 살 수 있는 물건을 또 택배로 주문하려니 마음에 걸렸다. 결국 맥주를 사려고 들른 편의점에서 옆에 있던 투명테이프를 사왔다. 접착력을 생각하면 청테이프를 골랐겠지만 그러지 않았다.

아빠는 손재주가 썩 좋지 못한 사람이었다. 무엇을 고치더라도 꼭 고친 티를 내야 직성이 풀리곤 했다. 특히 청테이프를 몹시 신뢰했는데 테이프가 이리저리 실로 얽혀 있다는 이유에서였다. 액체는 날이 더우면 녹고 접착력을 잃지만 촘촘한 격자무늬로 실을 덧댄 청테이프는 덥고 후덥지근한 여름 날씨의 영향을 덜 받는다고 주장했다. 그래서 엄마가 살고 있는 집에는 아주 옛날에 붙인 청테이프 자국이 덕지덕지 남아 있다. 액자나 거울 따위로 가리고 물건이 쌓이면서 눈에 덜 띄게 되었지만 여전히 흔적이 남아 있다. 붙어 있던 테이프는 낡고 삭아서 힘을 잃고 접착제만 남아 벽에서 시간을 죽이고 있다. 어느 날은 지저분한 그 자국들이 너무 싫어서 엄마에게 도배를 새로 하자며 성질을 낸 적도 있었다. 성질이 왜 났더라. 방문을 닫았을 때 달려 있던 달력이 떨어지면서 벽에 있던 테이프 자국을 보고 화가 났나. 엄마는 대꾸하지 않았던 것 같다. 손톱으로 그 자국을 박박 긁다가 굳은 접착제가 손톱에 끼는 바람에 며칠 동안 손톱 밑이 아렸다. 그런 쓸데없는 일까지 생각이 나는데도 왜 그렇게 화가 났는지는 기억나지 않았다. 대신 방바닥에 주저앉아 손톱에 낀 접착제를 뜯던 나를 보고 엄마가 달력을 걸며 했던 말이 떠올랐다.

"여기 짐이 이렇게 많은데 이걸 또 언제 다 빼고, 공사하고, 넣니. 나중에 짐이 조금 줄면 새로 하자. 조금 정리하고 나서 새로 하자."

그렇게 함께 사왔던 맥주는 금방 동이 났고 투명테이프는 쓰지 못하고 책상 서랍 맨 위 칸에 처박혔다. 책상 아래서 따로 노는 서랍을 끌어당겨 서랍을 열었다. 이 집 대부분의 물건은 얻은 것이었다. 나중에 집다운 집을 구하게 되면 모두 새로 살 생각에 좋은 물건이나 가구로 집을 채우지 않았다. 대신 언젠가 중고로 산 식탁 아래에, 언젠가 옷 수납장으로 썼던 값싼 플라스틱 서랍을 구겨넣어 책상 서랍으로 쓰고 있는 참이었다. 서랍이 책상보다 애매하게 높아서 책상 아래 공간에 넣어둘 수밖에 없었는데 겉보기에는 이편이 가장 정갈했다. 다만 첫번째 서랍 속 물건을 꺼낼 때면 여지없이 책상에 걸리고 말았다. 그래서 첫번째 서랍에서 무언가 꺼내려고 마음먹으면 신중하게 각도를 조절하는 수밖에 없었다. 서랍을 끌어당기고 대충 손을 휘저어 맨 위에 되는 대로 내팽개친 테이프를 집었다. 이제 천천히 꺼내기만 하면 될 일이었다.

"그래서 하여간 집에 있는 네 물건 전부 빼. 다음주까지 안 빼면 전부 버릴 거야. 예옥이랑 예옥이 딸 민경이 알지? 둘이 같이 들어올 거라서 아무래도 네 방을 비워줘야겠어. 걔가 전북대 다니거든. 괜히 나가 살면서 월세 쓰지 말라고 그랬어. 그리고, 어? 나도 이제 내가 원하는 대로 살 거야. 그때그때 내키는 대로 살 거라고. 이참에 묵은 짐은 전부 버려야겠어. 근데 거기에 있는 것들 쓰기는 해? 몇 년째 그냥 두기만 해서 먼지가, 먼지가."

그러니까 귀찮더라도 책상을 살짝 들어 서랍을 통째로 꺼냈으면 편했을 텐데. 뚱뚱한 새 테이프를 좁은 틈으로 비집고 꺼내려다 손목이 책상과 서랍 사이에 끼고 말았다. 게다가 한참 등산 모임의 통통씨 이야기를 하던 엄마가 영판 다른 소리를 하는 바람에 놀란 탓이었다. 짧게 내뱉은 비명소리에 엄마가 이름을 불렀다. 별일 아니니 다시 통화하자고 말하려 했다. 지금 해야 할 일이 있다고. 하려고 시작한 일들을 끝장을 보고 하나씩 하나씩 정리해나가는 편이 낫겠다고 생각했다. 우선 건조대를 고치고, 빨래를 개고, 그다음에 엄마에게 전화해 갑자기 왜 집에 잘 있는 내 방의 물건을 죄다 치우라는 것인지 물어야겠다. 그러니까 언제는 버리지 말라며 그득그득 쌓아둔 것들을 이제 와서 사람 셋도 누울 수 없는 작은 단칸방으로 다 가져가라는 소리를 왜 하는지 영문을 알 수 없어 속이 울렁거렸다. 짜증이라고 말하기에는 왠지 섭섭한 기분이었다. 정의되지 못한 화가 입 밖으로 쏟아졌다.

"비싼 것도 있다며. 시집갈 때 챙겨가야 한다며. 끝내 그득그득 쌓아두라고 한 건 엄마면서 왜 갑자기 빼래?"

"너 말 잘했다. 도대체 시집을 가긴 갈 거니? 안 간다며. 그러면서 내 집을 왜 창고처럼 써. 오래됐다고 진짜 창고라도 되는 줄 알아? 당장 네 집으로 다 가져가! 끊어!"

감정을 명명하기도 전에 허망하게 통화가 끝나버렸다. 그러자 금방 배가 고팠다. 오늘 먹은 것이라곤 점심에 먹은 커피와 샌드위치 한 쪽이 전부였다. 따뜻한 음식을 먹고 싶은데 그런 것은 집에 없었다. 자취 초반에는 이것저것 장도 보고 반찬도 만들어먹었지만 오래가지 못했다. 입에 맞는 음식을 만드는 일은 무척 수고스러운 노동이니까. 쉽게 먹는 음식일수록 더 많은 품이 든다. 그 사실을 깨닫는 데 오래 걸리지 않았다. 맑은 국물에 별다른 고명 없는 잔치국수를 만들려다 크게 실패해 상심한 뒤로 더는 요리를 시도하지 않았다. 요리하지 않는 냉장고에 든 것이라곤 맥주 몇 캔과 며칠 전 먹다 남긴 배달 음식이 전부였다. 그것을 꺼내 그릇에 옮겨 데우는 일도 하고 싶지 않아 찬장으로 걸음을 돌렸다. 편의점에서 파는 음식도 질려 박스째 누룽지 컵을 사두었다. 무엇보다 특별히 먹고 싶은 것이 없었다.

*

엄마는 집에 올 때 꼭 버스를 타라고 했다. 환승 없이 집으로 한 번에 오는 버스가 있는 것이 참 운이 좋다고 했다. 하지만 나는 대부분 택시를 택했다. 버스 배차 간격이 한 시간이었고 무엇보다 너무 많은 길을 돌아가는 노선이었다. 요금이 서너 배나 된다고 하더라도 두 배는 빠르면서 언제, 어디든 있고, 가는 길이 훨씬 편한 택시를 타는 편이 더 경제적이었다. 전주 바닥에서 멀리 가보아야 만 원이 넘지 않는 경우가 대부분이라서 버스 정류장과 길에 시간을 버리는 것이 아깝게 느껴졌다. 하지만 엄마의 말을 완전히 무시하지도 못했다. 집으로 가는 날이면 구태여 버스 정류장까지 걸어가 시간을 확인했다. 하지만 한 번도 버스를 타고 집에 가지 못했다. 버스는 늘 눈앞에서 놓치거나 버스 도착 알림판에도 표시되지 않는 날이 많았다. 오늘도 도착할 버스 중 집으로 가는 것은 없었다. 나는 택시를 타기로 했다.

손을 흔들어 아무렇게나 잡아탄 택시에서 계속 같은 가수의 노래가 흘러나왔다. 룸미러로 기사님이 흘끔대는 시선이 느껴졌지만 최선을 다해 눈길을 피했다. 좋은 마음으로 기사님과 대화할 기분이 아니었다. 그는 한참 기회를 엿보다 가장 유명한 노래를 틀고 말을 걸었다.

"안예은 아세요? 제가 요즘 이 가수에게 완전히 빠져버렸지 뭐예요. 제 친구들도 젊은 가수들은 잘 모르는데, 안예은은 압니다. 젊은 사람이 아주 우리 정서에 맞게 노래를 잘하지 않습니까? 늘 집사람이랑 놀아 버릇했더니 집사람 가고 혼자 노는 법을 하나도 몰랐어요. 옛날 사람들이 취미랄 게 있나요. 시간 남으면 잠이나 자고 술이나 마시는 게 전부지. 그런데 좋아하는 가수가 생겼다고 영판 새로 태어난 기분입니다. 웃을 일이 하나도 없었는데 요즘은 이 사람 노래 듣는 낙에 살아요. 새 앨범이 나온다는 소식이 들리면 이번에는 어떤 노래를 만들었을까 기다려지고요. 이 나이 먹고 어느 날을 손꼽아 기다리는 일이 많지 않거든요. 한동안 참 무기력하게 살았는데 하루하루 아주 재미있어요. 아무래도 집에서 만날천날 막걸리나 퍼마시는 것보다야 음악 감상이라는 취미가 훨씬 있어 보이지 않겠어요? 어느 날은 너무 좋아하고 고마워서 용돈이라도 보내고 싶더라고요. 그런데 돈을 보낼 방법이 있을 리 없잖아요? 어디서 뭐 가게를 하는 것도 아니고. 통 답답해서 딸애한테 물어보니 제가 이 시디도 사고, 노래도 들어주면 돈을 주는 거라고 하대요? 열심히 인터넷 배워서 앨범도 사고, 그 뭐야, 음원 사이트도 가입해서 듣고 있지요. 나이를 먹고 보니 내가 좋아하는 걸 실컷 즐기는 게 제일이에요. 무언가 열심히 좋아하면 젊어지는 기분도 들고요. 손님도 음악 사이트 쓰세요?"

"아, 여기서 내려주세요."

신이 난 그의 말에 대답하고 싶지 않았다. 마침 기사님도 나에게 대답을 원하는 것 같지 않았다. 목적지에 도착할 때가 되어서야 질문 하나를 겨우 건넬 뿐이었다. 오는 내내 막힘 없이 쏟아낸 것으로 보아 거리별로 그가 준비한 이야기가 따로 있는 듯했다. 내릴 때가 되어서 처음으로 기사님과 눈이 마주쳤다. 좋아하는 것을 신나서 이야기하는 사람의 맑은 눈을 보았다. 그의 볼이 발그레하게 상기되어 있었다. 흥에 겨운 기사님의 눈빛을 더는 견디기 어려워 시선을 피했다. 쫓기듯 택시에서 내려 집을 향해 걸었다. 집까지 가려면 좀더 가야 했지만 즐거움으로 한껏 톤이 높아진 기사님의 이야기를 듣는 일이 훨씬 더 고역이었다.

대로에서 골목으로 방향을 틀었다. 이제 겨우 기사님을 잊고 집에 들어가 정리해야 하는 물건에 대해 생각했다. 집을 나설 때만 해도 시간을 조금 벌 계획이었다. 나에게도 짐을 정리할 시간을 달라고 말할 참이었다. 고작 방 한 칸만큼의 짐이었지만 너무 오랫동안 방치해둔 탓에 무엇이 어떻게 쌓여 있는지 까맣게 잊어버렸다. 종종 집에 가더라도 저녁식사만 하고 그대로 돌아오거나 대충 거실 소파에서 구겨진 채로 자다 오곤 했다. 사람이 드나들지 않은 먼지 쌓인 방에서 그다지 자고 싶은 생각이 없었고 이제는 자취방에서 자는 것이 좀더 편했다. 그러니까 내가 돌아가야 할 집이라고 생각한 곳은 낡고 허름한 가구들이 엉성하게 모인 원룸이었다. 그래서 엄마 집에 쌓인 과거의 물건들 중 정리할 것과 정리하지 말아야 할 것을 구분하려면 나에게는 시간이 더 필요했다. 대문 앞에 도착해 머뭇대다 초인종을 눌렀을 때 나를 맞이한 사람은 예옥 이모였다.

"대문 열쇠 없어?"

원래도 여분의 대문 열쇠는 나에게 없었다. 자연스레 예옥 이모를 따라 마당으로 들어서자 한가운데 물이 졸졸 흐르는 고무호스가 눈에 띄었다. 내 시선을 따라 자연스레 예옥 이모의 시선도 함께 돌아갔다.

"너네 엄마가 나더러 화단에 물 좀 주라고 해서…… 밥은 먹었니?"

예옥 이모가 말을 걸면 현실감을 잊어버리곤 했다. 그의 주변에는 항상 이상하리만치 부드러운 공기가 흘렀는데 도통 이유를 알 수 없었다. 어쩐지 예옥 이모의 말에는 나 역시 긍정하거나 진실만을 말해야 할 것 같은 기분이 들었다. 나는 마당을 가로지르며 오는 길에 어묵을 몇 개 먹었다고 답했다. 대문 열쇠는 독립하면서 받지 않았다고 했다. 엄마가 있을 때만 집에 올 테니 꼭 갖고 있어야 할 필요성을 느끼지 못하기도 했다. 예옥 이모는 고무호스를 집어들며 내 이야기를 가만 듣고 있었다. 먼저 들어가라는 이모의 등을 보았다. 작고 마른 어깨가 오차 없이 움직이며 텃밭에 고루 물을 주었다. 나는 불쑥 엄마보다 더 작은 등을 가진 예옥 이모가 걱정되었다.

"이모, 우리 엄마 외로워서 저러는 거예요. 장단 맞춰주지 마."

"사람은 누구나 다 외로워."

"같이 사는 거 다시 생각해봐요. 아무래도 이모가 밑지는 거 같아."

"민경이가 밥 차리고 있을 거야. 가서 거들고 있어. 저녁 먼저 먹자."

나를 한 번 흘끔댈 뿐 예옥 이모는 더 대꾸하지 않았다. 화단에 물을 주는 예옥 이모를 바라보면서 어떤 날을 떠올렸다. 엄마와 예옥 이모는 초등학교, 중학교 동창이었다. 중학교 때까지 내내 붙어다니던 두 사람은 고등학생이 되던 해에 각각 남원을 떠났다. 예옥 이모는 가족과 함께 광주로 이사갔고 엄마는 혼자 전주에서 하숙하며 고등학교에 다녔다. 아주 오랫동안 서로의 세월을 보내다 5년 전쯤 동창회에서 반갑게 재회했다. 그뒤로 종종 서로의 집을 오갔고 머지않아 등산 모임도 함께했다. 그러다 오늘의 결정에 이른 것이다.

5년 전 이맘때 엄마는 빨갛게 질린 낙엽 같았다. 세찬 바람이 불면 차도 반대편으로 날아갈 것 같았다. 아빠와의 이혼은 엄마가 그토록 원했던 것이었는데도 그랬다. 그때 나는 엄마가 멍하니 거실에 앉아 텔레비전 채널만 돌려대는 모습이 답답했다. 입에 달고 살던 바람이 나에게도 이루어졌다면 당장에 일어나 2박 3일은 장구를 치고 3박 4일은 꽹과리를 쳐대며 흥에 겨운 노래를 할 텐데. 그럴 기분이 아니라면 새롭게 무엇이든 시작해볼 텐데. 엄마는 그러지 않았다. 그저 하던 일을 모두 멈추고 거실에 우두커니 앉아 시간만 죽였다. 엄마를 다그쳐 몇몇 취미생활을 즐겨보라고 밖으로 내몰기도 했지만 시도하는 족족 한 달을 채 넘기지 못했다. 피아노학원은 같이 다니는 애들을 보니 저 녀석들이 언제 클까 싶어 그 엄마 걱정에 기운이 쭉쭉 빠진다며 그만두었다. 내부가 궁금하다고 기웃거리던 집 앞 기원은 바둑판 격자무늬만 보면 눈앞이 핑글핑글 돌고 잠이 쏟아진다며 나가지 않았다. 군살이 걱정이라기에 헬스장 개인 PT를 끊었더니 가르치는 트레이너 청년이 영 성실하지 않은 것 같다며 남은 회차를 전부 나에게 넘겨버렸다.

엄마와의 소모적인 하루를 더는 견디기 어려웠다. 때마침 취직한 회사가 집에서 먼 동네에 있었다. 그 핑계를 대고 자취방을 얻었다. 내 생에 첫 독립이었다. 우리 모녀는 시시콜콜 떠들기 좋아하는 성격이 아니었다. 막 그만둔 학원에 대한 이야기나 짧게 했을 뿐 텔레비전에 나오는 프로그램만 대화의 주제가 되었다. 그런데 엄마와 분리된 기쁨을 느끼기도 잠시, 엄마가 텔레비전을 켜두고 전화를 걸기 시작했다. 한참 본인 하고 싶은 말을 하다가 질문해놓고 대답은 듣지도 않았다. 그때

그때 생각나는 말을 하다가, 드라마를 보다가 하는 식이었다. 이러니 아무래도 엄마의 취미가 필요한 사람은 나였다. 몰두하면 바빠질 테고, 바빠지면 나를 찾는 시간이 줄어들지 않을까. 그러면 나도 원하는 것을 하면서 쉴 수 있지 않을까 하는 기대 때문이었다. 이렇게 엄마의 취미에 집착하는 이유는 엄마를 혼자 남겨두었다는 모종의 죄책감이 아닐까 하고 생각한 적도 있었다. 나는 전보다 더 적극적으로 엄마의 취미를 알선했다. 한두 번의 시도가 있고 난 뒤에는 좀더 과감하게 제안했다. 엄마가 필요하다는 것은 가능한 한 물심양면으로 지원했다. 하지만 모두 헛수고였다. 고등학교 때 동아리까지 했다는 테니스는 구장이 너무 멀어 가기 싫어졌고 옆 동네의 도자기 공방을 다닐 때는 흙을 만지면 손이 너무 건조하다며 한 달을 채우지 못했다. 엄마가 전화하기를 기다리며 한 달을 셈하는 것도 이때부터였다. 할 만하면 보름을 넘기고, 아니면 그마저도 버티지 못하고 전화가 왔다. 그 바람에 이제는 그만두었다는 전화를 기다리는 것이 습관이 되었다.

그러다 어느 날은 가지도 않던 동창회를 남원까지 가야 한다고 차편과 숙소 예약을 부탁했다. 평소라면 오가는 길이 귀찮아서라도 가지 않겠다고 할 엄마였다. 멀리 나가는 것도 모자라 밖에서 자고 돌아오겠다니 도대체 무슨 바람이 들었는지, 이제 나를 부려먹는 일이 취미가 된 것인지 헷갈렸다. 바깥에서는 꿈자리가 사납다며 끝내 집으로 돌아와 자는 엄마가 금액은 상관없으니 좋은 곳으로 숙소를 잡으라며 신신당부했다. 게다가 동창회 이야기를 하며 이따금씩 얼굴이 발갛게 상기되었다. 결국 나는 참지 못하고 물었다.

"왜. 첫사랑이라도 온대?"

"첫사랑은 무슨. 이번에 예옥이도 온대. 이게 몇 년 만이야. 긴장된다, 야."

"예옥? 처음 듣는 이름인데?"

"엄마 어릴 때 사진 딱 두 장이잖아. 거기에 늘 같이 있는 애, 개가 예옥이야. 동창회장한테 예옥이 전화번호도 받아놨어. 조금 있다가 전화해보려고. 떨린다. 뭐라고 인사해야 하나? 요즘 애들은 오랜만에 만난 친구한테 뭐라고 하니? 너라면 뭐라고 할 것 같아? 참, 너 숙소 결제하기 전에 나한테 한번 보여줘야 해. 그리고 주말에 집에 좀 와. 옷 사야겠어. 작년에 뭘 입고 다닌 건가 싶다."

동창회 갈 생각에 들떠 있는 엄마에게서 오랜만에 활기를 느꼈다. 그런 엄마의 모습에 기분이 묘해졌지만 그 기분을 망치고 싶지 않아 주말 내내 엄마의 장단에 맞추었다. 엄마는 옷을 고르고 가방을 꾸리는 내내 콧노래를 불렀다. 아주 어릴 때 들었던 흥얼거림이었다.

이것저것 재가며 숙소를 고르고 결제를 마치고 나서야 자취방으로 돌아올 수 있었다. 겨우 돌아와 이제 막 식탁 앞에 앉았을 때였다. 갑자기 엄마에게 숙소를 취소해야겠다고 메시지가 왔다. 간만에 신이 난 것은 알았지만 화가 났다. 하루종일 끌고 다니면서 사람을 들들 볶더니 이제는 어렵사리 예약한 숙소를 대뜸 취소하라니. 엄마가 반찬을 한 아름 사서 보낸 참이라 하루종일 계획 없이 끌려다녔어도 군말하지 않았는데. 엄마와의 시간 때문에 저녁 약속을 취소했다는 이야기 같은 것은 꺼내지도 않았는데. 시간을 들이고 애쓴 마음을 엄마의 말 한마디에 없던 일로 만들려니 억울했다. 메시지 옆에 숫자 1이 없어지고도 대답이 없자 금방 전화가 왔다.

"메시지 봤어? 왜 답장을 안 해."

"엄마, 이거 할인 상품으로 고른 거라 취소 수수료도 비싸. 갑자기 왜 취소하라는 건데?"

"예옥이랑 통화했는데 괜히 숙소에 돈 쓰지 말고 자기 집에서 자자고 하더라. 남원으로 다시 올라왔대. 예옥이네 가서 자면 취소 수수료만 내면 되잖아. 그게 더 싼 거 아니야? 엄마 오랜만에 친구랑 놀기도 좀 하고, 친구 좀 만들라며?"

"오늘 하루종일 이거 해라, 저거 해라, 사람 들볶아놓고 이러는 게 어딨어?"

"그래서 내가 반찬 사서 보내줬잖아."

"내가 언제 반찬 사달라고 했어?"

"엄마 오랜만에 친구 만나러 가서 신난다는데 너는 그게 그렇게 귀찮고 아니꼽냐? 겸사겸사 모녀가 데이트도 좀 한 걸로 쳐."

"됐어. 터미널 알아서 가. 나 운전 안 해. 재밌게 놀다 오고, 숙소는 취소할게."

"너…… 너…… 말하는 저기가 뭐야! 너는 꼭 나한테만 말을 그렇게……."

불같이 화를 내는 엄마가 말을 끝내기도 전에 전화를 끊었다. 알맞은 단어를 찾지 못하고 툭툭 이거, 저거, 그거. 말에 끼어들면 곧장 예전 일들에 꽂히기 시작했다. 이전에 있던 온갖 잡다한 일들이 이거, 저거, 그거에 섞여 딸려올 것이 분명했다. 이쯤 하면 그다음 과정은 익숙하고 지난한 것이었고 내가 빨리 백기를 드는 편이 힘을 덜 쓰는 방법이었다. 전화를 일단 끊는 것도 암묵적인 항복의 선언이었다. 나는 자주 스스로 과실을 만들어 엄마에게 사과하는 방식을 택했다. 결국 나는 엄마의 동창회 날 사과의 제스처를 취해야 했다. 그 바람에 터미널까지 가려던 계획이 남원까지 가는 일정이 되어버렸다. 엄마를 남원까지 태우고 가는 내내 예옥 이모에 대한 예찬을 들어야 했다. 얼마나 다정하고 살가운 사람인지, 또 얼마나 용기 있고 결단력 있는 사람인지. 나이를 먹고 세월이 지났어도 그대로일 것이라고 말하며 엄마는 시종일관 마른손을 비볐다. 첫사랑이라도 만나는 것처럼 엄마를 들뜨게 했던 사람. 그것이 내가 갖고 있는 예옥 이모에 대한 첫 기억이었다.

*

내 방문은 항상 닫아두었다. 주택이라 전체적으로 외풍이 있기도 했지만 현관 바로 앞에 있는 내 방을 타고 들어오는 찬 바람이 가장 매서웠다. 그래서 겨울에는 자주 문을 닫아두고 거실에서 엄마와 함께 자곤 했다. 춥거나 덥다는 핑계로, 가족끼리 시간 좀 같이 보내자는 핑계로 엄마와 어색하게 거실을 차지하고 앉아 있어야 했기 때문이다. 거실의 소음은 텔레비전 차지였다. 관심 없는 예능에서 점점 시끄럽고 큰 소리가 나면 나는 일어나 방으로 향했다. 주인을 잃은 방은 종종 소리를 냈는데, 날이 궂을 때 더 시끄러웠다. 바람이 심하게 부는 날이면 나무로 된 뒤틀린 창틀 사이로 바람이 술술 들어오는 통에 문까지 덩달아 덕덕 소리를 냈다. 따뜻하고 관심 없는 소리로 가득한 거실보다야 춥고 시끄러운 소리가 나는 내 방이 더 편했다. 그러면 머지않아 엄마가 꼭 문을 열고 들어왔다. 문을 열어두라거나 거실로 나오라거나. 쉴새없이 문을 두드리고 안부를 물었다. 어느 때는 문을 걸어 잠그기도 했지만 잠시뿐이었다. 이래저래 문을 열라고 해서 나가보면 별일 아니었다. 어릴 때 역사 문제를 풀면서 그런 생각도 했다. 아, 만주벌판이 넓다던데. 수없이 많은 말과 사람들이 오갔겠지. 별안간 만주벌판에 책상과 함께 덜렁 떨어져 있는 것 같다고 상상했다. 그리고 그 주위를 빙글빙글 맴도는 엄마. 노란 먼지를 일으키는 말을 타고.

내 방에는 문이 있지만 없는 셈이었다. 문을 열어두면 열어둔 대로, 닫으면 닫은 대로 불평, 불만을 늘어놓는 통에 결국 따뜻하고 불편한 거실에 앉아 있는 쪽을 선택했다. 그렇게 나도 엄마를 따라 방이 없는 사람이 되었다. 엄마는 왜 그렇게 문을 열어두고 싶었을까? 어쩌면 집 안에 머물 곳이 없었을까. 갈 수 있는 곳만 가득한 채로 머물 곳이 없어서 분주하게 집 안 구석구석을 돌아다녔나. 아주 바쁘게 외로웠는지도 모르겠다. 차츰 옷가지나 물건을 가지러 갈 때를 빼고는 방에 들어가지 않았다. 대신 엄마와 거실을 피해 학교나 학원, 독서실에서 대부분의 시간을 보냈다. 창을 새것으로 교체하고 난 뒤로 방에서 나던 문 두드리는 소리는 멈추었지만 그 흔적은 고스란히 문에 남았다. 덜그럭거리는 문고리를 잡고 살짝 들었다. 몇 차례 새로 달았지만 문에 난 구멍 자체가 닳아 헐거워진 탓인지 얼마 버티지 못했다. 손잡이를 살짝 들고서 돌려야 비로소 문이 열렸다.

결국 엄마와 아빠가 헤어지게 된 이유도 방 때문이었다. 어느 토요일이었다. 나는 학교에서 돌아와 거실에서 만화를 보고 있었다. 아빠의 회사도 야근이 잦았다. 모두 소진된 채로 주말을 맞이하면 아빠는 침대에서 나오는 법이 없었다. 그런 아빠를 뒤척이며 엄마는 방 구석구석을 청소했다. 결국 아빠도 짜증을 내며 잠에서 깼다. 엄마는 그날따라 유독 열심이었는데 동네 아줌마들끼리 내장산으로 단풍 구경을 간다며 들떠 있었다. 청소를 끝마치고도 단풍놀이에 입고 갈 옷이며 장신구를 꺼내고 찾느라 안방을 여러 번 오가며 아빠의 드라마 시청을 방해했다. 종국에는 언젠가 당신이 사준 팔찌를 당최 찾지 못하겠다고 아빠를 일으켜 앉혔다. 그러다 아빠는 화가 난 모양이었다. 겨우 단풍 구경 가는 일에 뭐가 그렇게 유난이냐면서, 주말에는 조금 쉬게 놔두라면서, 자기는 혼자 있는 시간이 필요하다고. 그러자 엄마도 짜증을 냈다. 1년에 한 번 동네 아줌마들이랑 놀러 가는 것이 그렇게 배가 아프냐고, 그러게 당신도 같이 가자고 할 때 간다고 했으면 오죽 좋았냐고. 옆집 아저씨는 진즉에 말해서 함께 예약하지 않았느냐고.

그날 엄마는 늘 입던 보라색 겉옷을 입고 나갔다. 원래 입고 가려던 연한 노란색의 새 카디건은 빨래통에 구겨져 있었다. 아침을 차려두고 반찬통을 냉장고에 넣으려다 콩나물잡채가 든 통을 떨어뜨린 탓이었다. 빨간 국물이 사방으로 튀었다. 어설프게 잡아보려다 손목을 맞고 반찬통이 엄마 쪽으로 쏟아져버렸다. 뚜껑이 바닥으로 향한 채 떨어져 내용물이 모두 쏟아지는 참사는 피했지만 흥건한 양념이 줄줄 새버렸다. 거실에서 잠들었던 나는 냉장고가 내는 경고음에 잠에서 깼다. 엄마는 냉장고 문을 열어둔 채 한참 들썩거리며 바닥을 닦았다. 냉장고 문을 닫고 돌아서 소매와 시계를 번갈아보다 중얼거리는 엄마의 말소리가 또렷이 들렸다. 이거나 저거나 아주 덕지덕지……. 그 말을 할 때 엄마와 눈이 마주쳤다. 나도 모르게 눈을 돌려 방으로 들어와 잠들었다. 방 공기가 꽤 싸늘해서 다시 잠들기까지 꽤 오랜 시간이 걸렸다.

일어났을 때는 엄마도, 아빠도 없었다. 그뒤로도 두 사람은 오랫동안 갖지 못한 내 것에 대해 싸웠다. 3월에 만난 어색한 짝꿍이 책상에 금을 긋고 넘어간 물건을 내던져버리는 것처럼 점점 유치해졌다. 이유는 늘 달랐지만 적어도 내가 옆에서 보고 듣기에는 대체로 비슷한 주제였다. 그럴 때마다 내가 감정이입을 한 쪽은 아빠였다. 늦은 밤까지 일하고 돌아온 아빠에게서는 늘 다른 건물 냄새가 났다. 우리집에서 나는 오래된 집 냄새도 결코 옅지 않았는데 그 냄새가 모두 뒤덮일 만큼 밖에서 오래 일하다 오는 모습이 무척 힘들어 보였다. 그러면 주말이라도 조금 쉬는 것, 혼자만의 시간을 보내고 싶은 것은 당연하다고 생각했다. 나도 언젠가 자라서 직장에 다닌다면 주말만큼은 마음껏 시간을 보내고 싶을 테니까. 그 생각은 지금도 크게 달라지지 않았다. 오늘날 내 생활이 아빠의 젊은 시절과 크게 달라지지 않아서일지도 모른다. 다만 직장을 다니며 혼자 사는 삶 안에 낯선 시간이 있다. 생각해본 적 없는 시간. 늘 하고 싶고, 되고 싶은 것만 상상해본 탓이다. 삶을 유지하고, 다음날에도 회사에 나가기 위해 집에서 해야 하는 일이 아주 많다고 아무도 가르쳐주지 않았다. 엄마도, 아빠도 되고 싶지 않았고 엄마와도, 아빠와도 살고 싶지 않았는데 결국 혼자 남은 자취방에는 그 몫이 모두 있다. 생각이 거기까지 이르면 내

일이 아니라고 생각한 일을 해온 사람의 얼굴이 떠올랐다. 그 다음에는 입맛이 뚝 떨어졌다. 누군가 명치 안쪽을 꽉 쥐어짜는 느낌이었다.

방에 들어서려다 낯선 목소리가 전하는 짤막한 인사에 고개를 돌렸다. 본 적 있는 얼굴이었다. 예옥 이모 카카오톡 프로필에 단정한 교복을 입고 밝은 갈색 단발머리를 하고 있던 여자아이. 아마도 이모의 딸일 것이다. 가벼운 인사를 건네고 방의 불을 켰다. 사람이 드나들지 않은 방에는 계절보다는 좀더 싸늘한 공기가 가득했다. 오래된 물건들의 냄새가 났다. 발이 닿고 손이 닿는 곳은 늘 쓸고 닦는 이가 있었지만 사용하지 않는 물건들에 쌓이는 먼지냄새는 어쩔 수 없다. 빈 곳 없이 가득 찬 방 구석구석을 돌아보았다. 어디서부터 손을 대면 좋을까 덜컥 걱정이 앞섰다. 실상 방에 거의 머무르지 않기 시작한 시점은 고등학생 무렵이었으니까 대부분 필요하지 않은 잡동사니였다.

화단에 물을 주던 예옥 이모와 엄마가 함께 들어와 모두 식탁에 앉았다. 쏟아지는 정보 속에서 내용을 요약하면 이랬다. 예옥 이모와 엄마는 재작년쯤부터 부쩍 자주 만나며 서로의 집에서 시간을 보냈다. 등산 모임 외에도 자주 만나 시간이 날 때마다 지리산이든 모악산이든 함께 올랐다. 미륵산에 다녀온 날 두 사람은 동네 순두부가게에 들러 점심을 먹었는데 그때 우연히 옆 테이블의 두 할머니가 나눈 대화가 자꾸만 생각나

더라는 것이다. 어르신들은 양이 작아 한 그릇을 나누어먹으면서 두부 한 모를 포장해 옆에 두고 한참을 다음 끼니 이야기를 했다. 두부 한 모를 지져먹고, 부쳐먹고, 끓여먹고를 고민하는 와중에 한 할머니가 그러시더란다. 아직 여남은 호박이 더 있다고. 지난주에 호박전을 부쳐먹었으니 남은 호박이랑 찌개나 끓여 함께 먹자고. 그 이야기를 들으니 엄마는 텃밭에 심어둔 깻잎이 번뜩 떠올랐고 집에 돌아가보니 깻잎이 다 쇠어버렸다는 이야기였다. 엄마는 그것이 그렇게 서운했다며 푸념했다. 그래도 이제는 집에 사람이 있으니 먹지 않겠느냐며 현관에 호박과 깻잎 씨앗을 사두었다고 자랑했다. 나는 그 말을 듣는 둥 마는 둥 했다. 어서 식사를 끝내고 집으로 돌아가 쉬고 싶은 마음뿐이었다.

오래된 우리집 식탁에서 오래된 나와 엄마가 새로운 두 사람과 식사를 시작했다. 가벼운 대화가 끊이지 않고 오갔다. 이 집이 세 사람이 살기에 얼마나 부족함 없는 공간인지, 개인 공간과 공용 공간은 어디로 할 것인지, 언제 자고 언제 활동하기를 좋아하는지, 함께 살기 위해 서로 알아야 하는 정보들을 찬과 함께 나누었다. 좋아하는 것들에 대해 예옥 이모가 물으면 엄마가 싫어하는 것들을 말해주는 식이었다. 간간이 민경이도 한마디씩 거들었다. 나는 식탁 위의 대화가 아주 낯설었다. 새로운 규칙을 다정하게 주고받는 식탁 위에서 가만히 앉아 듣기만 했는데 기분이 이상했다. 다만 명백한 것은 내가 얹을 말이 없었다는 점이다.

다정한 물음과 순순한 대답을 들으며 오랜만에 밥 한 공기를 다 비웠다. 내내 이 마음에 대해 생각했다. 젓가락을 내려놓으며 내린 하나의 결론은 엄마가 자유로워졌다는 것. 엄마가 자신을 가진 것 같았다. 그런 생각을 하다가 나도 모르는 사이 밥을 남김없이 먹었다. 대화가 계속되는 통에 일어날 타이밍을 놓쳤다. 그 바람에 괜히 반찬 몇 개를 더 집어먹어 입이 짰다. 견디다 못해 슬슬 일어날 채비를 하자 예옥 이모가 냉장고에서 작은 쇼핑백을 꺼내왔다.

"너희 엄마가 반찬 만들면서 네 것도 담아놨어. 가져가. 볶음김치랑 고사리나물이랑 이런 거 저런 거 너 좋아한다는 걸로 같이 만들었어."

낯설기 그지없는 일이었다. 엄마는 반찬 대신 늘 돈을 주거나 사서 집으로 보냈다. 그런데 손수 만든 반찬이라니. 예옥 이모가 건넨 쇼핑백 안에는 콩나물잡채도 있었다. 먹을 사람이 없어 가져가지 않겠다는 나에게 엄마가 되레 큰소리를 쳤다. 너 생각해서 만들었으니 챙겨가라고. 먹다가 상하면 그냥 버리라고. 나는 심통이 났다. 어쩐지 배알이 꼴렸다. 이상하고 묘했던 기분이 슬슬 이름을 갖는 것 같았다. 나는 새 가족과 함께하는 엄마의 매끄러운 시작에 크게 훼방을 놓고 싶었다. 또 한편으로는 알았다고 받아두고 모른 척 놓고 가고 싶었다. 특별히 하고 싶은 말이 있는 것도 아닌데 불쑥 말이 튀어나왔다.

"난 콩나물잡채 싫어. 먹을 사람도 없어."

"왜 싫어, 왜. 어릴 땐 없어서 못 먹더니."

"나 집에 갈래."

"너는 먹는 사람 아니야? 네가 다 먹으면 되잖아."

"집에서 밥 안 먹는다고."

"왜 안 먹어. 집에 가스레인지도 있고 냉장고도 있는데 왜 안 먹고 다녀. 쌀이 없니? 밥 잘 먹어놓고 갑자기 왜 이래?"

맥락도 없이 엄마와 날선 대화를 주고받았다. 오늘 처음 본 예옥 이모와 이모의 딸 앞에서 이러고 있는 모습이 창피했다. 확실하게 선언하고 싶었다. 나는 언제든 이 집으로 들어올 수 있는 사람이라고. 열쇠가 없어도 내가 온다면 누군가 반드시 문을 열어주어야 한다고. 얼마든지 배짱 있게 굴 수 있다고. 쇼핑백을 쥐어주는 손을 뿌리치고 나서는 길에 엄마가 멋대로 벗어둔 양말을 밟고 미끄러졌다. 다행히도 엄마가 소매를 낚아챈 덕에 우스꽝스럽게 현관 앞에서 벌러덩 자빠지는 신세는 면했다. 그러나 부끄러움은 이미 엄습해서 고개를 들지 못했다. 잡아챈 소매는 볼품없이 늘어나 덜렁거렸다. 엄마는 내 곁에 쇼핑백을 내려두고 양말을 집어 세탁실로 향하며 물었다. 끝내 짐은 언제 정리되겠느냐고 재촉했다. 엄마는 제멋대로였다. 대답하지 않고 신발을 구겨 신으며 몸을 일으켰다. 엄마가 사둔 호박과 깻잎 모종이 눈에 들어왔다. 나는 그것을 주머니에 쑤셔넣었다. 예옥 이모와 민경에게는 대충 목례했다.

엄마에게는 나중에 전화로 인사해도 충분하리라는 생각이었다. 주머니에 든 모종 봉지를 매만지자 비닐이 바스락대는 소리가 났다. 괜히 실실 웃음이 새어나왔다. 엄마는 내가 모종을 훔쳐갔다는 사실을 알고도 예옥 이모에게 투덜대지 못할 것이다. 오늘 현관에서의 푸닥거리로 충분히 쪽팔렸을 테니까. 이쯤 되면 실없는 대화가 오가기를 원했던 사람은 엄마와 나 둘 다였다는 사실을 받아들여야 했다.

짐은 다 버려도 상관없었다. 마땅히 둘 곳도 없고 쓰는 물건이 없으니 챙길 것도 없었다. 봄이 오고 있다고 해도 바람은 여전히 찼다. 숨을 크게 들이마시고 내뱉기를 반복했다. 어쩐지 홀가분했다. 숨을 고르는 사이 예옥 이모가 슬리퍼를 끌며 뒤따라오는 소리가 들렸다. 반찬을 담은 쇼핑백을 들고나오는 것 같았다. 조만간 또 들르겠다고 말하고 잰걸음으로 골목을 벗어났다. 코너를 돌자마자 집을 향해 뛰기 시작했다. 실실 비집고 나오던 웃음이 이제는 커다란 웃음소리로 바뀌었다. 정신없이 발걸음을 옮기고 있자니 배가 고픈 것 같았다. 갑자기 떡볶이가 먹고 싶어졌다. 집에 가는 길에 자주 들르던 분식집에 가야지. 가볍게 움직이던 다리에 힘이 붙었다.

대원의 소원

0

직접 찾은 콘서트는 처음이라 대원은 조금 어지러웠고 숨이 잘 쉬어지지 않는 것 같았다. 너무 긴장한 탓이었다. 손바닥에서는 자꾸만 땀이 나 주머니 속 손수건을 쥐었다 놓기를 반복했다. 무사히 발권도 마쳤다. 이 작은 티켓 한 장을 손에 넣기 위해 종종거린 시간을 헤아려보면 허무할 지경이었다.

시간이 조금 남아 사진도 한 장 찍었다. 남들처럼 포스터 앞에서 찍고 싶었는데 찍어줄 사람이 없어 고민하던 차에 누군가 선뜻 사진을 찍어주겠다고 했다. 아주 고마운 일이었다. 덕분에 대원도 방금 받아 따끈따끈한 티켓과 혹시 몰라 챙겨온 앨범을 들고 공연 포스터 앞에서 사진을 찍었다. 집으로 돌아가 자랑할 사진 한 장은 건졌지만 들어오는 길에 콘서트장 입구에 있던 매대를 꼼꼼하게 구경하지 못한 것이 못내 아쉬웠다. 재희가 콘서트장에 가면 굿즈라는 것을 판다고 했는데……. 아슬아슬하게 도착하는 바람에 시간이 충분하지 않았다. 다음에도 올 기회가 생긴다면 꼭 여유롭게 와서 구경해야지.

마음속으로 다음을 기약하면서도 주변을 둘러볼 때마다 대원은 섭섭함을 감출 수 없었다. 굿즈를 가방에 넣는 사람들에게 콘서트가 끝나고 살 수 있는지 물었다. 애석하게도 이 굿즈는 온라인에서 미리 구매하고 받아야 한다고 했다. 한편으로는 다행이었다. 예약도 하지 않았는데 공연히 구매하겠다고 줄 서 있다가 체면을 구길 뻔했다. 현장에서 판매하는 수량이 있다고 했지만 말끝을 흐리는 것을 보니 재고가 별로 없는 모양이었다. 아무래도 넘치게 준비해 재고가 쌓이면 곤란하겠지. 자리에 앉은 대원은 고개를 끄덕이며 무대로 시선을 돌렸다. 무대에는 안개가 자욱했다. 그나저나 저기 다 전자기기인데 안개는 물 아닌가? 공연하다가 감전이라도 되면 어쩌려고 저렇게 대책 없이 물을 뿌려둔 거야? 대원은 사람들의 안전불감증이 너무 심하다고 생각했다. 그때 누군가 어깨를 툭 쳤다. 저기……. 여기 제 자리인데요. 대원은 순간 땀이 삐질삐질 났다. 실수하지 않은 줄 알았는데 표와 자리의 숫자를 보니 자신이 한 칸 옆으로 가는 것이 맞았다. 미안한 내색을 하고 자리를 옮기면서 궁금증을 참지 못하고 옆 사람에게 말을 걸었다. 아직 공연이 시작되기 전이었다.

"근데 저거 안개…… 저렇게 전자기기가 많은데 위험한 거 아닌가요?"

"저거 안개 아니고 스모그예요. 그러니까 공연장에서 쓰는 연기 효과 그런 건데 괜찮아요. 위험한 거 아니에요."

안전한 거구나. 대원은 신기한 듯 고개를 끄덕이며 주변 구석구석을 더 훑어보았다. 어둠 사이사이 가득한 기계. 아직 연주자가 앉지 않은 악기들. 무대 위 어둠 속에서 분주히 움직이는 사람들. 누군가의 콘서트에 온 것은 처음이라서 모든 것이 다 신기했다. 심호흡을 계속하며 가방 속 물건을 매만졌다. 종종 전주에서 콘서트가 열리면 다녀오곤 하는 동료 영환이 준 싸구려 응원봉이었다. 콘서트장 앞에 가면 파는 것인데 장윤정 전국 투어 전주 콘서트에 다녀왔을 때 산 것이라고 했다. 한 번밖에 쓰지 않았으니 가져가라고 했다. 한 번밖에 안 쓰긴 개뿔. 올라오는 기차에서 켜보았지만 작동하지 않았다. 무엇보다 공연장에 앉은 사람들의 분위기가 사뭇 진지했다. 손에 응원봉이나 불빛이 나는 것은 없었고 다들 핸드폰만 들여다보는 중이었다. 대원은 가방 속 응원봉을 안 보이는 깊숙한 곳으로 밀어넣었다. 그러다 잊은 것이 생각나 핸드폰을 꺼내 딸에게 메시지를 남겼다.

"잘 가고 있지? 오늘 큰일 치렀다. 조심히, 건강히, 잘 다녀오거라."

희미하게 흘러나오던 음악소리가 잦아들고 공연장을 비추던 불빛도 완전히 사라졌다. 공연이 시작되려는 모양이었다. 일순간 조명이 환해지면서 연주가 시작되었다. 대원은 심장이 터져버릴 것 같아 온몸에 힘이 쭉 빠졌다. 오기 전에 여러 번 되짚은 주의 사항은 아무것도 떠오르지 않았다. 그저 서서히 의자에 녹아내렸다. 숨을 어떻게 쉬었더라? 너무나 낯선 감각에 모든 행동이 어색하게 느껴졌다. 대원은 꼼짝하지 못하고 멍하니 환한 무대 위를 바라보았다. 그러다 잠깐 생각한 것이라곤⋯⋯. 이렇게 긴장해서 박자에 맞추어 박수나 치겠나.

1

처음에는 하나도 들리지 않는 음악들이 있다. 몇 번을 들어도 귀에 들어오지 않고 지나갈 뿐이다. 그러다 어느 날 불쑥 들린 노래가 정신을 쏙 빼놓는다. 그동안 수없이 들었더라도 귀에 남아 노래를 곱씹어야 처음 듣는 것이 된다. 대원이 안예은의 노래를 처음 들은 것은 몇 년 전 아내가 죽고 다시 몸을 일으킨 날이었다.

대원은 슬픔에도 각자의 단계와 몫이 있다고 생각했다. 지난 보름 동안 가장 비통한 단계는 지나왔으니 아내를 위한 몫을 다했다고 말이다. 아팠던 아내는 언젠가부터 자주 그를 달랬다. 그래도 삶은 이어질 뿐이라고. 너무 많은 시간을 슬퍼하는 데 허비하지 말라고. 어느 한 조각에 자신은 남아 있을 테니 일상을 잃어버리지 말라고. 그런데 사실 걱정은 없다고 했다. 당신은 워낙 혼자 잘 놀고 주변에 친구도 많으니 괜찮을 거라고. 오히려 혼자 남았을 때 걱정인 것은 자신이라며 너스레를 떨었다. 그래서 대원은 자주 아내가 없는 아침을 상상하곤 했지만 상상이 현실이 되자 적잖이 당황했다. 아침이면 햇살은 여전히 아름답게 부서지며 창문을 두드렸고 대원은 수십 년 동안 반복한 기상시간에 맞추어 눈을 떴다.

처음에는 아내의 말을 받아들일 수 없었다. 삶이 이어질 뿐인 것이 아니라고. 슬퍼하는 데 시간을 허비하는 것이 아니라고. 앞으로 더 나아갈 수 없는 답보 상태에 빠진 것이나 다름없었다. 이어지는 것은 아무것도 없고, 이전의 삶으로 돌아가고 싶지만 절대 돌아갈 수 없고. 그러나 지구가 공전과 자전을 하는 통에 이어진다고 느끼는 시간이 계속될 뿐이라고. 분절된 시간 속에서 계속되는 변화와 고통을 견디기만 할 뿐이라고 생각했다. 그래서 규칙적이라고 느껴지는 삶의 모든 방식이 치욕스러웠다. 차곡차곡 쌓아온 습관들이 너무나 무용해서 견딜 수 없었다. 죽으면 다 끝나버리는 일인데 해를 따라 반복하는 모든 일이 미련하게 느껴졌다. 그래서 때가 되면 사라지고 돌아오는 해의 일상을 느끼고 싶지 않아 커튼을 닫았다. 딸이 나가고 들어오는 소리를 들으며 간신히 지금이 하루의 어디쯤인지 추측할 뿐이었다. 통 입맛이 없어 손에 잡히는 대로 대충 먹었다. 딸이 현관을 닫고 나가는 소리가 들리면 잠자리에서 부스스 일어나 거실에 있는 아몬드를 입안 가득 욱여넣었다. 암막 커튼을 꼼꼼히 쳐놓은 거실에 앉아 윗집이 분주히 움직이는 소리를 듣다가 다시 침대에 누웠다. 좀이 쑤시면 컴퓨터를 켜고 맞고 게임을 했다. 딸이 돌아올 시간이 되어 현관 비밀번호 누르는 소리가 들리면 냉장고에서 삼각김밥과 막걸리 한 병을 꺼내 방으로 들어갔다. 대원이 막걸리와 아몬드 말고는 먹는 것이 없자 요리할 줄 모르는 딸이 언젠가부터 냉장고에 삼각김밥 따위를 사다두었다. 그러다 문득 이마저도 습관을 만들어가는 하나의 과정처럼 느껴져 부끄러웠다. 아침에 일어나 아몬드를 한 줌 먹는 일. 현관 비밀번호 누르는 소리에 도망치듯 방으로 들어오는 일. 당연하게 삼각김밥 포장의 1번을 잡아 뜯고, 2번과 3번을 순서대로 잡아당기고. 떨어진 김가루를 손끝으로 꾹꾹 눌러 쓰레기통에 털어넣고는 모서리 한쪽을 베어 무는 일. 아내는 삶이 계속될 것이라고 했다. 결국 대원은 아내의 말이 맞았음을 시인할 수밖에 없었다.

다음날 대원은 해가 뜨기도 전에 침대에서 일어나 가장 먼저 커튼을 걷고 면도를 했다. 미적댄 시간 동안 수염은 성실하게 볼품없이 자라 추레했다. 아직 거실은 어두웠다. 형광등을 켜고 아내의 순서를 찬찬히 곱씹었다. 가장 먼저 청소기를 돌렸다. 간간이 딸이 청소하는 소리가 들렸지만 퇴근이 늦은 딸이 꼼꼼히 청소하기 어려웠을 것이다. 그렇다. 삶은 계속되고 그 안에 개인의 의지 같은 것은 아주 작은 몫이었다. 그 작은 것 중에서 자신이 할 수 있는 가장 큰 일은 아버지의 몫을 다하는 것뿐이었다. 아내가 끝까지 대원에게 좋은 아내였던 것처럼. 마른걸레에 물을 적셔 구석구석 눈길 닿는 곳은 모두 닦았다. 마지막으로 시선을 돌린 곳은 냉장고였다. 옛말에 '집주인 속이 시끄러우면 장이 다 썩는다'고 하더니 딱 그 꼴이었다. 가장이라고 한몫 차지하고 있었으나 매일 음식을 꺼내먹는 냉장고에 행주 한번 들어본 적 없었다. 분주히 주방을 마저 닦고 나니 거실에 해가 들이치기 시작했다. 나갈 준비를 하느라 거실로 나온 딸 주영이 대원을 보고 흠칫 놀랐다. 가벼운 인사를 나누고는 곧장 냉장고로 손을 밀어넣는 대원의 뒷모습을 멍하니 보던 주영은 서둘러 화장실로 들어가다 말고 물었다.

"뭐 해?"

"어? 청소……."

"갑자기?"

대원이 별다른 대꾸가 없자 주영은 다시 화장실로 걸음을 옮겼다. 대원은 청소를 계속했고 주영은 부랴부랴 집을 나섰다. 무어라도 꺼내줄 생각이었는데 마땅치 않아 말을 붙이지 못했다. 주영이 나가고 대원은 냉장고에 유통기한이 임박한 소시지가 하나 있어 데워먹었다. 주로 이 시간은 오롯이 대원과 아내의 시간이었다. 멀건 누룽지나 빵조각 따위를 먹으며 수다스러운 아침을 보내곤 했다. 새벽 내내 아내의 아침 동선을 따라 종종거린 대원은 고요를 견디기 힘들어 라디오를 켰다. 아내는 혼자 남은 집에서 종종 라디오를 듣는다고 했다. 사람들이 두런두런 떠드는 소리도 들리고 노래도 나오니 적적한 시간이 훌쩍 지나간다고 말이다. 아내를 따라 대원도 라디오를 켜고 주파수를 골랐다. 때마침 라디오 디제이는 다음에 나올 노래를 소개하는 중이었다.

"4907님이 신청해주신 안예은의 〈프루스트〉 틀어드리면서 광고 듣고 오겠습니다."

이제 거실은 창문 정면을 향해 넘어온 햇살로 가득찼다. 꾹꾹 내뱉는 가사가 유난히 대원의 귀에 맴돌았다. 대원은 거실에 가만히 앉아 마른세수하며 인터넷 검색창에 안예은이라는 이름을 입력하고 검색했다.

늘 수요일 아침과 점심은 아내와 함께했다. 아프기 전까지 건물 청소일을 하던 아내의 휴무일이 수요일이었기 때문이다. 아침이면 아내는 밥을 하고 대원은 세탁기를 돌리며 하루를 시작했다. 주영도 그것을 아는 모양이었다. 다른 날은 늦었다며 서둘러 집을 나서더라도 수요일이면 이른 아침식사를 함께했다. 대신 집안일의 담당이 바뀌었다. 아내 몫의 일은 대원이, 대원 몫의 일은 주영이 도맡았다. 처음에는 식사를 준비하는 일이 꽤 힘들었다. 대원의 볼멘소리에 주영도 종종 음식을 해놓기도 했다. 하지만 어느 순간 대원이 만류했다. 딸의 음식이 영 입에 맞지 않았다. 텔레비전 프로그램에서 유행하는 레시피라며 해주는 음식들이 너무 맵거나 달기만 했다. 맛있게 먹지 못하면 하루가 즐겁지 않은 대원에게 맛없는 식사를 반복하는 일은 크나큰 고역이었다. 자식 잘못 키운 탓이려니 하고 어느 순간 요리는 전부 대원이 담당했다.

어제 모래내시장에 내린 손님이 있어 대원도 차를 세우고 콩나물을 한 봉지 사온 참이었다. 아내는 항상 빨래를 개는 대원에게 어떻게 하면 음식이 더 맛있어지는지 설명하곤 했다. 덕분에 특별히 요리를 즐겨 하지 않던 대원도 어렵지 않게 시작할 수 있었다. 그렇게 몇 해를 보내고 나니 제법 먹을 만한 아침식사를 만드는 정도까지 이르렀다. 먼저 끓는 물에 멸치 몇 마리를 넣는다. 그전에 머리와 내장은 제거하고 전자레인지에 살짝 돌리면 비린 맛이 날아간다. 거기에 김치와 파, 간장을 살짝 넣어 향만 내고 팔팔 끓인다. 그런 다음 가볍게 씻은 콩나물을 한 줌 넣고 먹기 직전에 다진 마늘과 고춧가루를 넣으면 완성이다. 마지막에 마늘과 고춧가루를 넣는 디테일은 아내가 가르쳐준 것이다. 맑은국에 다진 마늘을 넣고 오래 끓이면 텁텁해지고 고춧가루는 김치를 넣었으니 넣지 않아도 되지만 빛깔이 예뻐지라고 넣는 것이라고 했다. 눈으로 음식을 둘러보며 침을 삼키는 것도 식사의 일부라던 아내는 늘 먹음직스럽게 음식을 차리는 것을 좋아했다. 마지막으로 한 번 더 파르르 끓여낸 김치콩나물국을 식탁에 내려놓기 무섭게 빨래를 개던 주영이 식탁으로 와 앉았다.

사실 대원은 딸과 할말이 별로 없었다. 그저 시시껄렁한 농

담을 던지거나 당장 해결해야 할 일에 대해 몇 마디 짧게 나눌
뿐이었다. 언젠가 이런 것이 내심 서운해 자신과는 왜 고민 같
은 것을 나누지 않느냐고 물었다. 장난스럽게 묻자 주영 역시
흘리듯 대답했다. 아빠 우리 별로 안 친하잖아. 갑자기 왜 그
래. 한집에 20년 넘게 같이 살았는데 왜 안 친하냐며 따져 물
으려다 말았다. 현관을 지나 방으로 들어가는 주영을 붙잡을
수 없었다. 대원은 구체적으로 이십 몇 년이라고 말하고 싶었
는데 도통 이십 몇 년인지 생각이 나지 않았다. 이게 다 처자
식 먹여 살리려고 늦게까지 일하느라 그런 것이 아닌가 싶어
억울하기도 했다. 그저 돈을 버느라 친하게 지내지 못했다고
말하기에는 마찬가지로 바빴던 아내 생각이 나 할말이 없었
다. 무엇보다 주영이 무어라고 반문하든 대꾸할 자신이 없었
다. 속으로 아니와 그런데를 반복하던 대원은 심통이 났다. 아
무리 그래도 그렇지 아버지에게 이런 식으로 말하는 딸자식이
어디 있나. 확실히 교육을 잘못시킨 것 같아 속상했다. 하지만
속상함도 잠시 이내 걱정으로 이어졌다. 이렇게 성격이 살갑
지 못하고 쌀쌀맞아서야 시집이나 갈 수 있을까. 이제 대원이
주영에게 바라는 소원은 시집가서 잘 사는 것뿐이었다.

　김치콩나물국을 훌훌 불어 한술 떴다. 뜨거운 것을 잘 먹는
주영은 이미 콩나물을 다 건져먹은 뒤였다. 급히 밥을 먹는 사
람이 곁에 있으면 덩달아 쫓기는 기분이 든다. 국을 식히느라
정신없는 대원과 달리 주영의 그릇은 벌써 반쯤 빈 소리를 냈

다. 오늘따라 주영이 더 빨리 밥을 먹는다고 생각했다. 딱히 무슨 일이 있냐고 묻지 않았다. 주영은 항상 밥을 빨리 먹었고 오늘은 유난스러운 날인가보다 하고 지레짐작할 뿐이었다. 식사를 끝낸 주영이 그릇을 옮기고 커피를 내왔다. 대원의 그릇도 거의 비어가던 참이었다. 마지막 남은 김치콩나물국 국물을 한 번에 털어넣으려고 국그릇을 흔들며 입으로 가져갔다.

"아빠, 나 결혼하려고. 주말에 시간되면 같이 보자. 식장은 알아보고 있는데 가능한 날짜가 며칠 없어. 근데 가까운 때에 토요일 아침 타임이 비었지 뭐야. 운이 좋았지."

대원은 놀라 마시던 김치콩나물국을 잘못 삼키고 말았다. 하필이면 마지막 국물을 털어넣던 참이라 고춧가루가 가득한 국물이 코로 역류하고 말았다. 목과 코에 걸린 고춧가루 때문에 대원은 사레들린 기침을 해야 했다. 얼굴이 시뻘게지도록 기침하고 나서야 겨우 잠긴 목소리로 화를 낼 수 있었다.

"야! 너는 그런 소리를 무슨 아침 먹다가 갑자기 하냐. 너 때문에 코에 고춧가루 들어갔잖아. 에이씨, 코 매워 죽겠네."

"아침에 하지 언제 해. 우리 시간도 잘 안 맞는데. 결혼식 그거 다 형식이잖아. 그냥 다 맞춰주는 데서 빨리 해치우려고. 아빠 딸 결혼식에 손잡고 들어가는 게 소원이라며."

"그래도 그렇지. 이렇게 큰일을 네 맘대로 결정하면 어떻게 해. 어떤 놈인 줄 알고 결혼을 해라, 마라 그래? 언제부터 만났는데."

"7년 됐나. 엄마는 본 적 있어. 그러니까 이번 주에 보여주겠다는 거잖아. 그리고 내 결혼인데 아빠가 해라, 마라 하는 게 왜 중요해?"

"당연히 중요하지. 7년? 그동안 왜 아빠한테 남자친구 있다고 말 안 했어."

"안 물어봤잖아. 나 늦었다. 먼저 간다. 주말에 같이 저녁 먹자."

"데려다줄게!"

"됐어. 늦어서 택시 탈게."

"야! 너는 아빠가 택시 하는데……."

주영은 대원의 말이 끝나기도 전에 도망치듯 집을 나섰다. 대원은 어안이 벙벙했다. 상식적으로 순서가 잘못되어도 한참이나 잘못되었다고 생각했다. 아무리 요즘 아이들에게 결혼은 자기들 인생이라지만 너무한다 싶었다. 보통은 어른들에게 소개하고, 상견례도 하고, 날짜를 정하고 식장을 잡는 것이 순리 아닌가 싶었다. 딸이 워낙 당당하게 나오니 대원은 오히려 자기가 너무 꽉 막힌 꼰대가 되었나 의심했다. 이러나저러나 찜찜함에 대원은 하루종일 목이 까끌까끌했다.

2

택시 운행을 시작하기에 앞서 대원이 가장 먼저 듣는 노래는 〈출항〉이었다. 택시 일이라는 것이 그렇다. 비슷한 시간에 출근해 비슷한 시간에 퇴근하고 늘 비슷한 길을 돌지만 나머지 모든 것은 미터기를 켜면서 새로 시작된다. 어제의 일이 오늘도 반복될까 걱정하지 않는다. 어제 막혔던 길이 여전히 막힐지는 모를 일이다. 택시 안이라는 테두리를 제하고서는 늘 새로 시작하는 셈이다. 그런 의미에서 어제의 것은 훌훌 털어버리고 새로운 하루를 시작하기에 이만한 노래가 없다. 게다가 오늘은 대원에게 아주 중요한 날이다. 긴장되는 마음에 차가 데워지는 동안 연신 손을 비볐다. 때마침 동료 기사인 영환에게서 전화가 왔다.

"자기 오늘 점심 어떻게 해."

"중앙시장 백반집 어때."

"좋지. 오늘 밥은 자네가 사는 걸로 해."

"이 사람아, 당연하지. 모양 빠지게 뭘 그런 걸 말로 해. 손님 탄다. 이따 봐."

버스 정류장에서 손을 흔드는 사람을 보고 택시를 멈추어 세웠다. 대원은 속으로 일찍 나와 있으면 버스도 안 놓치고 돈도 아꼈을 것이라고 흉을 보았다. 그러나 이내 생각을 고쳐먹었다. 세상일이 어디 마음대로 되는 것이 있나. 그런 날도 있고, 저런 날도 있고. 하물며 자주 늦장을 부리는 손님이 있어 대원도 그런대로 생계를 유지하는 것이 아닌가. 손님의 목적지를 듣고 미터기를 켜며 손님의 안색을 살폈다. 말을 걸어도 되는지 아닌지 살피기 위해서였다. 대원은 원래 말이 많다거나 속으로 구시렁거리는 사람이 아니었다. 성격이 변한 것은 택시를 업으로 삼으면서부터였다. 택시 안에 갇혀 운전만 계속하고 있으니 입이 심심한 것은 당연했다. 가끔 위험하게 끼어드는 차들을 향해 욕지거리를 내뱉는 것이 전부인 날도 있었다. 그런 날에는 신경이 날카로워져 내지 않아도 낼 짜증까지 내고 만다.

대원은 언젠가 화장실 거울에서 마주한 자신의 얼굴을 보고 놀란 적이 있었다. 그때 대원은 거울 속 자신과 눈이 마주치고 크게 충격받았다. 인상이 너무 나빠 성격이 고약한 아저씨처럼 보였다. 늙어서 주름이 느는 것은 자연스럽다지만 표정이 너무 볼썽사나웠다. 대원은 말을 안 하고 참는 버릇 때문이라는 결론을 냈다. 그때부터 손님을 태우면 안부를 묻곤 했다. 그렇다고 아무 손님에게나 마구 말을 걸었다가는 곤란을 면치 못한다. 세상은 너무 빨리 변하는데 작은 택시 안에서 접할 수 있는 최신 정보라고는 라디오에서 떠드는 몇몇 사연뿐이기 때문이다.

언젠가 김장하고 온 손님을 태운 적이 있었다. 손님은 김장이 끝나고 몸이 힘들어 병원에 가는 길이라고 했다. 돕는 손은 없고 먹는 입만 있어 서럽더라며 한탄했다. 그나마 도우러 나온 아들은 귀신같이 시어머니가 데리고 들어가버렸다며 말을 쉬지 않았다. 미처 손님의 안색을 살피지 못했던 대원은 그저 좋게 손님의 마음을 풀어주고 싶었다. 내 가족 입에 들어가는 것이니 힘들어도 보람되지 않겠냐고. 손님이 손맛이 좋으신가 보다고. 혹시 아들이 손댔다가 1년 먹을 김치 맛이 이상해지면 어쩌냐고. 잘하는 사람이 잘하는 거 하면 되는 것 아니겠냐고 말하곤 사람 좋게 웃었다. 그런데 이상하게 쉬지 않고 말하던 손님이 어느 순간 대꾸가 없었다. 그제야 대원은 손님의 얼굴을 살폈다. 드문드문 하얗게 센 머리, 연신 주무르고 있는 손목, 무채색의 겉옷 상의. 하염없이 창밖을 내다보는 그의 시선은 아무것에도 머무르지 못했다. 그저 멍하니 바깥을 바라보며 창에 머리를 기대고 들리지도 않을 만큼 작게 숨을 쉬고 있었다. 대원은 그제야 택시 안에 희미하게 퍼진 액젓 냄새를 맡았다. 이후로는 웃음을 거두고 아무 말도 하지 않았다. 무어라 수습하기에는 늦었다고 생각했다. 손님은 목적지에 도착해서야 겨우 한마디 건넸다.

"나라고 날 때부터 그런 걸 다 잘했겠어요. 하물며 자식 입에 들어가는 게 싫기야 하겠어요. 그냥…… 가끔 그 모든 게 너무 하염없어서…… 제 속이 너무 좁은가봐요."

정보값이 없는 상대와 개인적이면서 피상적인 대화를 나누다보면 이런 실수를 반복하기 마련이었다. 이런 일이 몇 차례 거듭되자 대원은 작전을 바꾸기로 했다. 여전히 택시 안에서의 생활은 너무나 외로웠고 적적했다. 그래서 날씨나 최근 스포츠 뉴스에서 본 소식 따위로 말을 걸기 시작했다. 틈틈이 룸미러로 손님의 안색을 살피는 것도 잊지 않았다. 미간에 화를 심어두고 풀지 않는 사람, 눈꺼풀이 너무 무거워 고되어 보이는 손님에게는 구태여 말을 걸지 않았다. 안예은을 좋아하고 나서는 좀더 수월했다. 손님이 말할 기분이 아니라면 좋아하는 노래를 골라 들으면 되었고 손님이 안예은을 알고 있다거나 노래를 알고 있다면 그에 대해 실컷 이야기하면 되었다. 어떤 노래가 왜 좋은지 말하다보면 어느새 목적지에 도착했다. 그러면 한 바퀴라도 더 돌며 이야기를 나누고 싶은 심정이기도 했다. 그렇게 손님이 떠나면 좋아하는 것이 비슷한 사람을 만나 떠드는 것이 얼마나 즐거운 일인지 너무 늦게 깨달았다고 생각했다.

이 모든 경우에 해당하지 않는 손님들이 있다. 몹시 화가 나 있거나 지쳐 있는 것은 아니고 그냥 말이 없는 손님들. 때때로 룸미러를 통해 대원과 눈을 마주치며 간단한 반응은 하면서도 별다른 대꾸는 하지 않는 손님들. 그런 손님들이 탑승하면 대원은 요즘 애들 말로 영업이란 것을 시작한다. 오늘은 운 좋게도 중앙시장 가까이 가는 손님을 태웠다. 서신동에서 노송동까지 가는 길이라면 노래 한 곡으로 이야기하기 충분한 거리였다. 영업에는 역시 가장 유명한 노래가 좋다. 가장 유명한 〈홍연〉을 틀고 말을 걸면 열에 둘은 대화를 쉽게 시작할 수 있었다. 그것이 아니라면 대원이 그냥 하려던 말을 하면 되었다. 좀더 멀리 간다면 〈창귀〉나 〈쥐〉를 틀어놓고 곡 배경인 옛날이야기를 해주면 다들 흥미롭게 듣곤 했다. 다만 비가 와 우중충

하거나 밤에 듣기는 조금 무서운 노래라서 〈윤무〉나 〈상사화〉로 대체하기도 했다. 상황에 따라 이런저런 레퍼토리를 시도해보았는데 다른 노래보다는 역시 옛날이야기가 섞인 두 노래가 가장 반응이 좋았다. 오늘 손님은 통 대꾸가 없었다. 게다가 목적지에 도착하기도 전에 대로변에서 내리고 말았다. 대원은 너무 자기만 말했나 싶어 손님이 사라진 골목을 잠시 바라보았다. 금방 영환에게서 전화가 왔다. 아차, 오늘은 중요한 약속이 있는 날. 대원은 서둘러 핸들을 돌렸다.

식당에 도착하니 영환이 이미 밥을 한술 뜨고 있었다. 찌개에서 김이 폴폴 나는 것을 보니 이제 막 나온 것이 분명했다. 영환이 먼저 주문해두겠다기에 대원은 고민하다 오늘의 국을 골랐다. 여러 찌개 중 하나를 고를 수도 있고 매일 바뀌는 국 메뉴를 고를 수도 있는 식당이었다. 대원은 늘 메뉴판에 있는 것들보다 칠판에 큰 글씨로 엉성하게 쓴 오늘의 국 메뉴를 좋아했다. 국도 새로, 글씨도 새로. 어쩐지 오늘만을 위해 늘 새로 바뀌는 것이 마음에 들었다. 마침 오늘의 국은 미역국이었다. 대원에게는 생일 같은 날이라 공연히 들떴다. 점심 메뉴까지 알맞게 오늘을 축하하는 것 같았다. 의자를 빼고 마주앉자 찬으로 나온 조기구이를 발라먹던 영환이 바지 주머니를 뒤적여 흰 봉투를 하나 꺼냈다. 봉투 겉면에는 귀여운 글씨로 "대원 아저씨 예매 내역"이라고 적혀 있었다. 대원은 왼손으로 봉투를 자신 쪽으로 끌어다놓으며 영환에게 손짓했다.

"자기 딸한테 전화 좀 걸어봐."

"왜? 밥 먹고."

"안 돼. 지금 해봐."

신호가 가는 전화를 건네받으면서 대원은 지갑을 열어 삼십만 원을 꺼내 영환에게 건넸다. 곧이어 통화 연결음이 끊기고 수화기 건너편에서 반가운 목소리가 들렸다.

"재희야, 대원 아저씨야. 잘 지내지?"

"아저씨! 받았어요? 그때 알려준 거 알죠. 늦게 가면 굿즈 못 사니까 미리 콘서트장 앞에 가야 해요! 신분증 꼭 챙겨가서 현장 발권하고요. 아저씨 불안해서 내가 우편으로 받게 하려고 했는데 전부 현장 발권이더라고요."

"지금 받았어. 정말 정말 고맙다. 아저씨가 밥이라도 사주면서 부탁해야 하는데 이렇게 전화로만 고맙다고 해서 미안해. 아빠한테 티켓값이랑 합쳐서 삼십만 원 보낼 테니까 꼭 받아. 한 푼도 빼먹지 말고 받아서 너희 오빠 다음 콘서트 갈 때 보태."

"참! 아저씨 앞자리고 공연장 단차가 별로 없으니까 자꾸 너무 앞으로 기울여서 보지 말아요. 앞에서 키 큰 사람이 자꾸 앞으로 나서면 뒷사람 하나도 안 보여."

재희는 영환의 둘째 딸이었다. 영환이 딸내미가 자꾸 뜯지도 않으면서 같은 앨범을 수십 장 산다고 투덜거린 적이 있었다. 그때는 그 말을 흘려들었다가 팬카페에 가입하지 못해 애를 먹던 차에 번쩍 재희 생각이 났다. 주영에게도 물어보았지만 마찬가지로 잘 모르는 눈치였다. 요즘 그런 콘서트는 모두 인터넷으로 예매해야 하는데다 경쟁이 치열해 아저씨가 티켓을 살 수 있겠냐며 걱정했다. 급한 대로 주영에게도 부탁해보았지만 안타깝게도 그런 것은 해본 적 없다며 거절했다. 수심에 빠져 있던 참에 주영이 흘린 말이 힌트가 된 것이다. 아빠 동료 기사님들 중에 자식이 콘서트 다니는 애들 없어? 아이돌 좋아하는 애들이면 그런 거 잘할걸? 그 말을 듣고 곧장 영환에게 재희를 만나게 해달라며 사정했다.

영환은 흔쾌히 재희와 약속을 잡아주었다. 영환의 집에 들어선 대원은 입을 다물 수 없었다. 재희의 방 안 가득히 앨범과 포스터 따위가 즐비했기 때문이다. 이렇게까지 열렬하지는 않았지만 내심 부러운 것도 사실이었다. 잠시 안예은 포스터 사진과 앨범으로 둘러싸인 자신의 방을 상상했다. 아무리 생각해도 머리가 슬슬 벗겨지는 아저씨 방이 그런 상태라면 면이 서지 않을 것이 분명했다. 머뭇대며 재희에게 팬카페 가입을 도와달라고 부탁했다. 재희에게는 아주 쉬운 일이었는지 클릭 몇 번으로 뚝딱 해결했다. 등업 조건에 맞추어 게시물도 작성해두었으니 시간이 조금 지나면 모든 게시판을 다 볼 수 있을 것이라며 으쓱댔다. 콘서트는 예매일이 아직 되지 않아서 날짜에 맞추어 매표하고 연락을 주기로 했다. 이 모든 일이 이렇게 쉬운 것이었다니. 대원은 허탈하기도 하고 두근거리기도 했다. 드디어 자신도 공식적으로 안예은 팬카페의 일원이 되었다는 사실에.

팬카페에서는 안예은을 다들 예은님이라고 불렀다. 실수하지 않기 위해 대원도 예은님이라는 호칭을 입에 붙여두어야겠다고 생각했다. 재희의 어깨너머로 연신 화면을 흘긋대자 재희가 메모지 한 장을 건넸다.

"이걸로 아저씨 핸드폰이랑 컴퓨터에 로그인하시면 돼요. 이거 카페는 어떻게 들어가냐면…… 이렇게 해서, 이렇게 들어가면 돼요. 그리고 이거 꼭 읽어보시고요. 핸드폰 줘보세요. 핸드폰에 로그인해드릴게요. 그리고 이제 이렇게, 이렇게 하면 글을 볼 수 있어요. 우선 게시글을 쓰지는 말고요. 보통 도배하면 아이디 썰리니까 분위기 보면서……."

재희가 말하는 이렇게가 어쩌나 많은지 대원은 두번째 이렇게부터는 전혀 알아듣지 못했다.

"도배? 갑자기 도배를 왜 해. 아니 도배를 했는데 아이디가 왜 썰려. 아니, 아이디가 썰리는 건 또 뭐야."

"그 도배 말고요. 게시판에 한 사람이 비슷한 이야기로 계속 글을 올리는 걸 도배라고 해요. 그런 거 하면 아마 강퇴당할 거예요. 그게 아이디가 썰리는 거예요."

"요즘 친구들 보니까 이렇게 테이블 놓고 사인도 해주고 대화도 하던데 콘서트에서도 그런 거 해?"

"그건 팬 사인회요. 앨범 사고 앨범에 사인받는 건데 콘서트랑 달라요. 가만…… 아저씨 퇴근길은 알아요?"

"알지! 퇴근하는 거 아냐."

"비슷한데요. 개념이 조금 달라요. 콘서트 끝나고 안예은이 퇴근할 거 아니에요? 아마 공연장 밖에 사람들 몰려 있을지도 몰라요. 안예은 집에 가는 거 보려고. 가끔 선물도 주고받고 차 창문 내려서 막 인사나 대화도 나누는 가수들도 있어요. 하여튼 그걸 퇴근길이라고 해요."

"그럼 그때 앨범에 사인을 부탁해도 되는 거야?"

"당연히 안 되죠. 아저씨. 요즘 가수 좋아하시면서 왜 옛날 처럼 좋아하려고 그래요. 뭐 사람마다 기준은 다르겠지만 전 그렇게 생각해요. 직장인에 대한 매너. 그런 걸 좀 지키며 살자는 거예요. 아저씨 퇴근하려고 하는데 직장 상사가 막 불러. 그러더니 퇴근 전에 자기랑 가위바위보 딱 세 판만 해달래요. 그 까짓 거 해주면 되지 싶기도 해. 근데 상사 뒤에 보니까 그거 해달라는 사람이 50명 줄 서 있어봐요. 퇴근 때마다!"

"그건 좀 곤란하지. 50명 그거 다 해주면 집에는 언제 가."

"그거예요. 아저씨는 한 사람이지만, 한 사람 해주면 해달라는 사람 그뒤로 배로 불어나니까. 우리 서로 퇴근길이 있는 현 대인답게 퇴근길은 막지 말고 보내주자. 저에게 주어진 콘텐 츠와 시간을 충분히 즐기자. 뭐 저는 이런 마음이에요. 응원봉은 없으시고…… 이건 팬카페 주의 사항인데 꼭 읽어보시고요."

재희는 한참 동안 팬카페에서 주의해야 할 점과 교양 있게 공연을 관람하는 법을 설명했다. 세상이 전과 다르게 아주 많이 바뀐 것이 또 한번 실감났다. 무대 위의 빛나는 대상이면서 동시에 나와 비슷하게 삶을 꾸리는 직장인이라고 생각하니 이해가 쏙쏙 되었다. 대원도 교양 있는 현대인이 되고 싶었다. 자신은 눈에 띄기보다는 묵묵히 뒤에서 응원하는 그런 아저씨면 좋겠다고 생각했다.

　이날은 정신이 없어 재희에게 용돈을 주지 못해 영환에게 대신 전했다. 나중에 전해들으니 이 여우 같은 아저씨가 딸내미에게 전하는 용돈에서 수수료를 뗀 것이 아닌가. 대원은 재희에게 정말 고맙고 영환이 너무 괘씸해 꾀를 냈다. 전화로 금액을 이야기해버렸으니 영환은 꼼짝없이 돈 전부를 재희에게 전해야 할 터다. 대원은 봉투를 주머니 가장 안쪽 깊숙이 넣었다. 행여 잃어버리면 다시 뽑아드릴 수 있겠지만 이왕이면 잃어버리지 않는 편이 제일 좋겠다는 재희의 말에 긴장이 된 탓이었다. 식사를 마치고 식당을 나서니 봄바람이 불어왔다. 그새 공기에 축축한 퇴비냄새가 섞여 있었다. 이맘때쯤 아내는 꽃나무들을 잘 지켜보라고 했다. 미묘한 퇴비냄새가 금세 꽃향기로 뒤덮이는 순간을 즐겨야 한다고 말이다. 대원은 오랜만에 다른 가수의 테이프를 꺼내 카 오디오에 집어넣었다. 아내가 봄이면 즐겨 듣던 노래였다.

3

저마다의 세계는 들여다보기 전까지 깊이를 전혀 가늠할 수 없다. 정보의 수준이 그저 검색창에 '안예은'이라고만 검색해보는 것과는 질적으로 달랐다. 좋아하는 사람들끼리 나누는 대화는 훨씬 다양하고 깊이가 있었다. 처음 카페에 가입하고 글이나 댓글을 너무 많이 쓰지 말라던 재희의 걱정은 기우였다. 뭘 쓸 시간은 없고 게시판마다 글을 눌러보며 구경하기에 바빴다. 이것저것 아는 것이 많아지니 검색하기도 훨씬 쉬워졌다. 유튜브도 들어가 영상도 보았고 찾다보니 예은님이 SNS라는 것을 한다는 사실도 알게 되었다. 이건 또 어떻게 볼 수 있담. 대원은 아무래도 재희를 또 만나야겠다고 생각했다.

그러다 좋아하는 노래 중 하나인 〈야화〉의 뮤직비디오가 있는 것을 보았다. 가사가 애달파 좋아하던 노래였다. 대원이 예은님을 좋아할 수밖에 없는 이유는 가사 때문이었다. 가사를 음미하고 있자면 저마다 사연이 있는 사람들이 머릿속에 들어와 자신들의 이야기를 들려주는 것 같았다. 노래 속 장면을 상상하는 일은 빈 차로 적적하게 도로를 배회하는 대원에게 최고의 오락거리 중 하나였다. 뮤직비디오를 보던 대원의 귀가 점점 빨개졌다. 그러고는 민망하고 머쓱한 얼굴로 대화를 나누었던 한 손님의 얼굴이 떠올랐다. 대원은 그제야 그 손님이 지었던 미묘하고 복잡한 표정의 의미를 알 것 같았다. 예은님을 잘 아는 손님이었다. 연달아 노래가 나오자 손님은 알은체

했다. 〈파아란〉 다음에 〈야화〉가 나오던 참이었다.

배경이 되는 만화와 영화가 있다고 했는데 본 적이 있느냐고 물어 대원은 보지 못했다고 답했다. 영화도, 만화도 요즘 친구들이 좋아하는 것 아닌가. 무엇보다 대원은 필요할 때 보고 싶은 것을 골라서 보는 방법을 알지 못했다. 손님은 어딘가 놀라고 의뭉스러운 웃음을 짓고 있었는데 도통 대원이 모르는 이야기만 늘어놓았다. 유튜브에 검색하면 이런저런 주제곡을 부른 뮤직비디오가 많이 있다고 알려주었다. 〈야화〉는 유명 만화의 주제곡이고, 〈파아란〉은 영화 〈불한당〉을 보고 영감을 받아 만든 노래라는데 통 저세상 말이었다. 중간중간 대원이 한 번에 알아듣기 어려운 말이 섞여 있었는데 영어인 것 같기도 하고 한글인 것 같기도 한 단어가 불쑥불쑥 튀어나와 말을 온전히 이해하기 어려웠다. 핸드폰으로 보는 만화를 무어라 했는데 그새 까먹어 따로 검색하지 못했다. 그러다 손님이 내려버려 다른 단어는 무슨 뜻인지 아예 묻지도 못했다. 무엇보다 그때는 주영이 가입해준 음악 스트리밍 사이트를 통해 노래만 겨우 듣는 수준이어서 더 찾아볼 생각도 하지 못했다.

발표된 모든 노래를 한 곡씩 듣고 익히는 것만으로도 충분히 벅찰 때였다. 차마 뮤직비디오를 다 보지 못하고 핸드폰을 덮어놓았다. 대원은 영문도 모른 채 가슴이 두근대는 것을 느꼈다. 여느 때와 다름없이 그다음 가사를 생각하며 영상을 보던 참이었는데 딸이 방에서 나와 거실을 어슬렁거리는 기척이 느껴졌다. 영상 속 음악보다 거실에서 나는 소리에 신경이 곤두섰다. 자신도 모르게 영상과 방문을 번갈아 흘끔대는 것을 깨닫고서야 핸드폰을 저만치 밀어놓았다. 심장이 관자놀이와 귀에서 큰북소리를 내고 머리는 멍해져서 몽롱했다. 오랜만에 울렁이는 긴장감을 느꼈다. 자신이 잘못 이해한 것일 수 있으니 나중에 다시 보아야겠다고 생각했다.

이대로 잠들기는 또 아쉬워서 차라리 영화를 보는 편이 나을 것 같았다. 〈홍연〉의 모티브인 〈왕의 남자〉는 예전에 명절 특선영화로 본 적이 있었다. 다른 하나가 뭐였더라. 설경구가 나오는 것이라고 했는데. 침대 모서리로 밀려났던 핸드폰을 들어 아는 것을 모두 검색창에 입력했다. 그제야 영화 포스터가 눈에 띄었다. 제목은 〈불한당〉. 사람들이 노래와 영화를 함께 두고 이것저것 써둔 게시물이 많았다. 영화를 보고 나면 하나씩 눌러 읽어야겠다고 생각하며 방을 나섰다.

이제 검색은 대원에게 별일 아니었지만 핸드폰으로 할 줄 아는 것은 여전히 거기까지였다. 결국 영화 포스터를 핸드폰 화면에 크게 띄우고 주영의 방문을 두드렸다. 포스터를 보여주며 영화를 어디에서 볼 수 있는지 묻자 주영이 어이없다는 듯 대원을 올려다보았다. 영화를 볼 수 있는 경로를 찾던 주영이 갑자기 물었다. 오래전에 개봉한 영화를 왜 갑자기 찾느냐는 것이었다. 대원은 불쑥 영환이 떠올랐다. 영환이 심심할 때 보기 좋은 영화라고 했는데 마침 심심해서 볼 생각이라고 둘러댔다. 그냥 좋아하는 노래의 배경이라고 이야기해도 될 텐데 무심결에 거짓말이 툭 튀어나와 당황했다. 공연히 입술이 바짝바짝 마르는 통에 전혀 엉뚱한 이야기를 하고 말았다. 그것이 어딘가 모르게 부끄러워 대원의 시선은 자꾸만 다른 곳으로 흩어졌다.

정작 주영은 심드렁했다. 방에 있는 텔레비전에 있을 거라고 했다. 그대로 곧장 몸을 돌려 리모컨을 들고 검색하기 시작했다. 평소라면 주영에게 영화를 켜는 것까지 해달라며 귀찮게 했을 테지만 이번에는 조심스러웠다. 영화의 첫 장면이 무엇일지 몰라서였다. 환갑을 앞둔 아저씨가 영화를 보고 싶다며 골라 틀었는데 예상치 못한 장면이 갑자기 나온다면 어느 집 딸이라도 당황할 것이다. 무엇보다 관자놀이에서 느껴지던 두근거림이 가라앉기는커녕 귓바퀴와 뒤통수까지 얼얼하게 퍼져 있었다. 이리저리 버튼을 눌러대며 어렵게 영화를 찾았다. 핸드폰은 충분히 익숙해졌는데 텔레비전 리모컨은 방식이 달라서 그런지 좀처럼 손에 익지 않았다. 핸드폰보다 오래 썼는데도 그랬다. 아무래도 평소에는 자주 쓰지 않는 기능이라 그런 것이겠지. 영화를 찾아낸 대원은 망설임 없이 결제 버튼을 눌렀다. 결제 비밀번호는 0000. 실은 바꾸는 방법을 몰라 계속 이렇게 쓰고 있었다. 누가 집에 들어와 텔레비전으로 영화를 볼 것도 아니라서 상관없었다. 그나저나 가만. 〈홍연〉의 가사 속 붉은 실은 〈왕의 남자〉 누구와 누구의 것이더라? 대원은 영화를 본 지 너무 오래되어 가사의 주인공들 얼굴을 떠올리기 어려웠다. 오늘은 일단 이 영화를 보고 다른 날에 〈왕의 남자〉를 한 번 더 보아야겠다고 생각했다.

내내 긴장감에 휩싸여 영화를 보았다. 마른침이 꿀떡꿀떡 넘어갔다. 〈파아란〉을 몰랐다면 이 영화를 어떻게 보았을까. 조금 지루했을지도 모르겠다. 사실 초반에는 가사의 주인공들이 누구인지 생각하느라 통 집중하지 못했다. 영화 후반부에 가서야 가사 생각은 잊고 온전히 영화에 몰입했다. 우연히 보았다면 흔해 빠진 누아르 영화라고 생각했을 텐데. 역시 아는 만큼 보이는 것이다. 대원은 그 말을 오랜만에 체감했다. 영화 크레디트가 올라가는 동안 〈파아란〉의 가사를 떠올렸다. 가사와 함께 영화의 몇 장면이 대원의 머릿속에서 다시 재생되었다. 이 영화를 보고 그렇게 아름답고 애틋한 노래를 만들다니. 아무래도 예은님은 천재임이 분명했다. 무엇보다 이런 경험 자체가 대원에게는 너무나 신선했다. 그저 노래를 듣는 데서 멈추지 않고 노래가 만들어진 배경을 이해하고 공유하는 일은 처음 느껴보는 즐거움이었다. 곧장 다시 핸드폰을 들어 아까 보려던 게시물들을 하나씩 눌러서 보기 시작했다. 대원은 콧노래를 불렀다. 노래와 영화를 연관짓는 것만으로도, 다른 사람의 감상을 공유하고 거기에서 비롯된 또다른 창작물을 음미하는 것만으로도 이렇게나 재미있다니. 요즘 사람들이 핸드폰에 고개를 파묻고 왜 그렇게 바쁜가 했더니 그 안에 너무나도 크고 재미있는 세계가 있기 때문이었다. 그 안에는 영화도 있고, 노래도 있고, 사람도 많으니까. 예전에 어디선가 인터넷을 정보의 바다라고 했던 말이 떠올랐다. 여기는 바다다. 관심사만 있다면 온갖 것을 찾아내고 즐길 수 있는 무한의 바다. 대원은 자신의 방이 한 평만큼 더 넓어지는 기분이 들었다. 여운이 가시지 않은 대원은 두 사람이 나눈 감정을 무어라 부르면 좋을지 한참 생각했다. 멍하니 머릿속에서 단어를 생각하던 대원은 알맞은 말을 찾으려 애썼다. 우애? 딱 들어맞는 느낌은 아니었지만 대원이 떠올릴 수 있는 단어 중에서는 가장 적합한 것 같았다. 가사는 아무래도 주인공인 재호와 현수의 것이겠지. 세대를 뛰어넘은 두 남자 사이의 끈끈함이 대원의 마음을 흔들었다. 그런데 어쩐지 대원에게는 다른 인물인 병갑의 혼잣말로도 들렸다. 그렇게 노래를 두어 번 더 듣던 대원은 잠들기 전까지 한참이나 병갑이 안쓰럽고 불쌍해 울었다.

4

예매 내역을 받고 대원은 헤실헤실 웃었다. 콘서트는 두 달이나 기다려야 했지만 그날이 다가오는 내내 행복할 것 같았다. 어떤 노래를 할까? 콘서트에서는 다른 가수들의 노래를 부르기도 하던데, 이번에는 또 어떤 특별한 노래를 준비했을까? 대원은 새로운 무대를 두 눈으로 직접 볼 생각에 매일 신이 났다. 그러다 딸이 말한 주말이 덜컥 다가온 것이다. 나름대로 첫

만남이라 정갈한 옷을 꺼내 입고 왔는데도 구김이 눈에 띄어 자꾸 옷을 당겨 폈다. 주영이 미리 승호 아버지는 안 계신다고 주의를 준 참이었다. 대원 역시 행여 말실수할까 더 긴장했다.

사위가 될 아이는 꽤 괜찮은 사람 같았다. 주영이 과묵하고 쌀쌀맞은 데 비해 쾌활하고 다정해 보였다. 연신 접시에 음식을 덜어주기도 했고 가벼운 대화를 잘 끌어나가는 아이였다. 덕분에 식사하는 동안 즐겁게 이야기를 나누었다. 다만 두 사람이 너무 친구 같아 걱정되었다. 무릇 가족이란 서로 조금 어렵기도 하고 존중하는 마음도 있어야 잘 지낼 수 있는 법이었다. 너무 허물이 없으면 해서는 안 되는 말도 툭툭 내뱉기 마련이니까. 그러면 싸움이 잦아지고 마음의 골도 깊어지는 것은 자연스러운 수순이다. 대원은 딸이 결혼하겠다는 아이가 마음에 들면서도 내심 어딘가 찝찝했는데 도통 설명할 길이 없어 답답했다. 식사가 끝날 즈음에는 준비해온 선물이 있다며 작은 종이가방을 건넸다. 아무런 무늬가 없는 상자에 든 것은 선글라스였다. 그런데 어딘가 모르게 누가 쓰던 것 같아 가만 들여다보기만 하던 참이었다.

"이게 유명한 빈티지 숍에서 사온 거예요. 엄청 비싼 명품인데 상태 좋은 게 나와서 제가 냉큼 샀어요. 하루종일 운전하시니까 아무래도 해 많이 보시잖아요. 그게 눈에 많이 안 좋다더라고요. 그래서 선글라스 사드리고 싶었는데, 마침 적당한 물건이 나왔지 뭐예요?"

"나한테 먼저 물어보지. 우리 아빠 피카부야."

"피카부?"

"새것만 좋아해. 반짝거리는 거. 선물 사는 줄 알았으면 미리 말해줄걸."

대원은 말이 빈티지지 중고 물품이라고 생각했다. 썩 내키지 않는데 주영의 말에 대원은 약이 바짝 올랐다. 뭐? 피카부? 그건 또 뭔데. 새것만 좋아해? 대원은 자신은 그런 속물 같은 사람이 아니라고 강조하고 싶었다. 어쨌거나 명품이고 자신을 생각해 고른 물건 아닌가. 선물은 고맙게 잘 쓰겠노라고 대답하며 딸아이를 째려보았다. 아무리 그래도 이 자리에서 자신이 가장 큰 어른인데 놀림을 받는 것 같아 기분이 상했다. 대원이 눈치를 주었지만 주영은 눈썹을 한 번 치켜올리고 말 뿐 별다른 대꾸가 없었다. 그래. 역시 가족끼리는 조금 어려움도 있고 불편함도 있어야 한다. 너무 친구 같으면 이렇게 서로 마음 상하게 말을 툭툭 내뱉기 마련이다. 대원은 어른으로서 따끔하게 한마디 해야겠다고 생각했다.

"아, 식은 두 달쯤 뒤야. 4월 셋째 주 토요일. 잊어버리면 안 돼. 또 까먹고 일정 잡지 말고."

"당연하지. 내가 뭐, 딸 결혼식 날짜도 헷갈리는 사람일까 봐?"

호언장담하고 날짜를 헤아리는 순간 대원은 머리가 핑 돌았다. 여전히 마음 한구석은 흥에 취해 있었는데 차마 딸 결혼식 날 서울에 콘서트 보러 가야 한다고 말할 수 없었다. 면이 상하는 것이 걱정이었고 다 늙어 너무 주책이었다. 아버지란 사람이 좋아하는 가수 콘서트에 가겠다고 결혼식장에서 먼저 빠져나가도 되겠느냐고 질문하는 것이 무책임해 보였다. 안 그래도 음식이 조금씩 나와 뭘 먹은 것 같지도 않더니만 별안간 속이 꽉 막혔다. 먹은 것 없이 체기를 느끼자 미간에 힘이 바짝 들어갔다. 재수가 없으려 해도 이렇게 없을 수 없었다. 그날은 다름 아닌 예은님의 콘서트 날이었다. 이날을 얼마나 기다려왔는데. 물론 대원이 기다려온 날은 두 행사 모두였다. 딸의 결혼식도, 콘서트도 오매불망 기다려온 날인데 두 행사 일정이 겹치다니 정신이 아득해졌다. 따끔하게 한마디 할 생각만 하다가 딸의 말에 무심코 당연히 된다고 말해버렸다. 대원은 더이상 체면을 구기지 않기 위해서라도 날짜를 바꿀 수는 없겠냐고 물어볼 수 없었다. 무엇보다 그 순간에는 너무나 당황해 어떻게 상황을 조율하면 좋을지 아무 생각조차 없었다. 이마를 훔치니 땀이 잔뜩 배어났다. 엄지로 손끝을 문지르자 흥건한 땀 때문에 손이 미끄러졌다. 이럴 때는 어떻게 해야 하나. 불현듯 평온한 아내의 얼굴이 떠올랐다. 이럴 때일수록 침착해야 한다. 땀을 닦고 물을 한 잔 마시면서 상황을 제대로 파악하기 위해 애썼다. 대원은 물을 꿀꺽 삼키고 나서 주영에게 물었다.

"식은 몇 시야?"

"10시 예식이야. 시간이 좀 이르지?"

대원은 다시 깊은 수심에 잠겼다. 오히려 이른 시간이라 다행인가 싶기도 했다. 애매하게 오후 시간대였으면 꼼짝없이 사면초가인 꼴이 될 뻔했으니까. 아무래도 혼주인 자신이 오래 머물 필요는 없을 것이다. 요즘 결혼식은 짧게들 하지 않나. 아무리 생각해보아도 친구 자식들 결혼식에 가서 주례를 듣다가 나와 밥만 먹고 온 기억뿐이다. 이럴 줄 알았으면 남들 결혼하는 거 끝까지 좀 보고 올 것을 후회했다.

하지만 후회만 해서 될 일은 없었다. 대원은 빠르게 타임라인을 생각해야 했다. 10시 예식이니까 하객들 맞이하고, 식 올리고, 사진 찍고, 흩어지고. 늦어도 오후 2시면 일정이 다 끝날 터였다. 그러고 나서 KTX를 타고 서울로 올라가고. 그리고 용산역에서 콘서트장까지 가기만 하면 되는 거니까. 서울에서의 이동시간을 최대로 잡아보아도 지하철로 한 시간이 더 걸리겠나 싶었다. 전주에서 용산까지 한 시간 반, 서울에서 넉넉히 한 시간 반. 그리고 대망의 콘서트는 8시였다. 그렇게 이동한다고 생각하면 제법 여유 있는 동선이었다. 그러고 보니 폐백도 하나? 요즘 시대가 어느 때인데 대추 물고 어쩌고를 할까? 대원은 혹시나 하는 마음에 재차 물었다. 마음이 끝없이 조급했다.

"폐백도 하니?"

"안 그래도 아빠한테 그거 물어보려고. 폐백 해야 하나? 어른들은 하는 걸 좋아하신다는데…… 승호 어머니도 그거 군이 안 해도 된다고 하셔서 아빠 의견은 어떤가 싶네."

"그런 거 다 허례허식이다. 세상이 바뀌지 않았니. 해봐야 괜히 예식장에 머무는 시간 길어지고 고생만 하지. 고로 식은 간결하게 끝내고 너네 놀러 가. 주례도 내가 봐주마. 사돈댁도 한번 봬야지. 자네 집이 어딘가?"

"함양입니다. 경남 함양."

"남원 옆이고만. 내가 차가 있으니까 조만간 날 잡아서 다 같이 가자고. 옛날에나 재 넘어가는 곳이지 요즘에는 고속도로가 잘 되어 있어서 가기 어렵지 않으니까."

가만 사위 될 아이 이름이 승호였나? 정신이 없어 이런 것까지 잊어버리다니. 대원은 자신의 경황없음에 당황했다. 어쨌든 폐백도 없고 주례도 대원이 보는 것으로 밀고 나갔다. 대원이 가능한 선에서 시간을 줄여나가려면 최대한 많은 역할을 수행해야 했다. 진땀이 나 몽롱해지기 시작했다. 역시 큰 기쁨을 모두 누리려면 그에 따른 대가도 무겁기 마련이었다. 꼬인 실타래가 조금은 풀린 것 같았다. 끝없이 아득했다가 얼굴에 비치는 한 줄기 햇살을 느꼈다. 놀라 얹혔던 속이 풀렸다. 대원은 집에 돌아가 컵라면이나 하나 더 끓여먹어야겠다고 생각했다. 이만 자리를 마무리하고 싶었다. 기가 쭉 빨려 온몸이 힘없이 축 늘어졌다.

5

　결전의 날이 밝았다. 대원의 계획은 간단했다. 네 시간 안에 예식 전 과정을 끝내고 넉넉하게 3시 30분 기차를 타는 것이었다. 올라가면 5시. 콘서트는 8시. 서울 안에서 이동하고도 남을 시간이었다. 대원도 혼주가 되는 경험은 처음이라 자식들 시집, 장가 보낸 동료들에게 물어물어 세운 결론이었다. 자식들도 바로 신혼여행을 가야 하니 대체로 예식장에 오래 머물 일은 없다고 했다. 주영은 저녁 비행기를 탄다고 했고 대원만큼이나 촉박한 일정이었다. 폐백은 생략했고 축가도 없었다. 주례는 대원이 준비한 축하의 말 몇 마디 건네고 마무리하면 되었다. 실수하지 않으려고 일어날 만한 거의 모든 변수를 예측했다. 그래서인지 전날 새벽부터 대원의 머릿속은 터질 것 같았다. 잠을 설쳐 낯빛마저 칙칙했다. 어쨌거나 오늘은 중요한 날이 아닌가. 좋아하는 가수의 콘서트에 가는데 대충 씻은 상태로 멀리 서울까지 가고 싶지 않았다. 도리질하며 일어나 의식을 치르듯 목욕했다. 중요한 날일수록 몸과 마음가짐을 바르게 해야 한다. 머리의 물기를 털고, 승호가 새로 선물한 향수를 구석구석 뿌렸다. 시원한 향이 곧장 대원을 감쌌다. 하지만 향수를 뿌리는 일은 또 무척 낯설어서 대원은 기침을 여러 번 해야 했다. 기침이 잦아들고 대원은 엄지가 정반대로 가도록 손을 맞잡았다. 아내는 중요한 날이 되면 대원의 손을 꼭 잡아주곤 했다. 사람이 살다보면 상상치도 못한 변수에 시달리게 되는 법이라고. 행운이 필요할 때는 늘 이렇게 행운을 빌어놓아야 도움을 받을 수 있다고 했다.

정신없이 손님을 맞이하고 식장에 마련된 자리에 앉았다. 그 시간쯤이 되자 대원도 혼이 쏙 빠져 이것이 꿈인지 생시인지 구분이 안 되는 상황에 이르렀다. 화촉 점화는 생략하지 않았다. 식순에서 그 몫을 빼면 아내의 빈자리가 더 크게 느껴질 것 같아서였다. 융통성 있는 시대 덕분에 아버지가 화촉 점화를 하는 일이 아주 이상하지 않은 덕도 있었다. 그런데 막상 차례가 되니 정반대였다. 대원은 심호흡하며 마음을 다잡았다. 결국 대원은 여기에 혼자 온 것이 아니었다. 대원이 엄마, 아빠의 몫을 모두 해야 했다. 심호흡을 반복하며 마음을 다잡고 지금 해야 하는 일에 집중하려고 노력했다. 초에 불을 붙이면서 안사돈과 짧은 묵례를 했다. 고운 한복을 입고 예쁘게 머리를 올린 안사돈이 부러웠다. 다잡은 마음이 무색하게 혼자 딸의 결혼을 축하하는 자신이 처량하고 초라해 대원은 한없이 슬퍼졌다. 자리로 돌아와 앉았고 아내의 빈자리를 내려다보느라 연습한 것들을 몽땅 잊고 말았다. 결혼식을 돕는 직원이 다가와 흔들어 부르고 나서야 대원은 부랴부랴 주영이 있는 곳으로 향했다. 그제야 사소한 행동으로 시간을 지체하는 기분이 들었다. 이러다가 혹시 기차를 타지 못하기라도 하면 어쩌나 하는 생각이 자꾸만 머릿속에 자리잡았다.

급기야 주영 옆에 섰을 때는 속이 울렁거렸다. 주영에게서 나는 향수 냄새와 자신에게서 나는 향수 냄새가 이상하게 섞인 탓이었다. 대원은 엄지와 검지 사이를 꾹꾹 누르며 울렁거리는 속도, 긴장도 풀리기를 바랐다. 행진을 위한 음악이 울리고 주영과 함께 식장을 걸었다. 사람들의 환호와 정신없는 조명 탓에 바르게 걷기 위해 애써야 했다. 승호 앞까지 도착해서야 안도의 숨을 내뱉었다. 대원은 주영의 손을 승호에게 건네는 대신 무심코 반대편 손을 승호와 맞잡았다. 대원에게 생글거리며 웃는 낯으로 인사하던 승호가 당황하는 모습이 보였다. 연습한 것은 이게 아니었는데 대원은 저도 모르게 그랬다. 솔직한 말로 이렇게 손을 넘겨주는 일은 대원보다는 아내의 몫인 것이 맞았다. 그러니까 주영은 원래 제 것이 아니었고 주영 말마따나 우리가 서로에게 어떤 대단한 권한을 가졌거나 영향을 줄 만큼 친한 사이도 아니었다. 한가하게 정신없는 생각이나 늘어놓을 때가 아니었다. 대원이 눈을 몇 차례 끔벅이다가 두 사람의 손을 모두 놓았다. 서로의 손을 잡는 것은 부부가 될 두 사람이 알아서 하면 될 일이었다.

대원은 실수를 연발하고 혼주석에 앉아서도 계속해서 딴생각하느라 정신이 없었다. 긴장이 과한 탓에 도통 집중할 수가 없었다. 틈틈이 보이는 자신 옆의 빈자리 때문에 밀려드는 헛헛함도 주체할 수 없었다. 화장한 얼굴은 답답해 얼굴 감각이 둔해진 것 같았고. 기차시간은 점점 다가왔고. 이 결혼을 누구보다 기뻐했을 아내는 이 자리에 없었고. 자신은 끝도 없이 홀로 허둥대고만 있었다.

주례 차례가 되어 얼결에 단상 위로 올라와서야 자신이 울고 있다는 사실을 알았다. 주영이 너무 황당한 얼굴로 자신을 바라보고 있었기 때문이다. 대원은 감정이 북받쳐올라 말을 잇지 못했다. 급하게 사회자가 분위기를 수습하려 했지만 그것도 잠시뿐이었다. 대원은 주머니에 넣어두었던 손수건을 꺼내 팽 소리가 나게 코를 풀었다. 손수건이 닿은 부분만 화장이 닦인 탓에 빨개진 대원의 코가 유독 눈에 띄었다. 대원은 왜 이렇게 눈물이 나는지 알지 못해 속이 복잡했다. 주영이 다 커서 결혼까지 한다는 사실이 눈물 나게 기쁜 것인지, 아내가 이 중요한 날에 함께하지 못하는 것이 안타까운 것인지, 아니면 대원이 혼자 모든 것을 다 겸하는 것이 서러운 것인지 여전히 대원은 잘 모르겠다고 생각했다. 대원은 목청을 한차례 가볍게 가다듬고 떨리는 목소리로 입을 열었다.

"아무래도 자식 결혼은 저도 처음이라 감정이 복받쳤나봅니다. 다들 주례가 길면 지루하시지요? 짧게 끝내겠습니다. 다른 것은 특별히 바라지 않고요. 부모 된 마음으로 무탈하게, 건강하게 잘 살기를 바랍니다. 그래도 한 가지 당부하고 싶은 것은, 가족이라는 게 한없이 편하기만 하면 안 된다고 생각해요. 조금은 서로 어렵기도 하고 그래야 존중할 수 있는 것 같아요. 친구이면서 동시에 조금 어려운 그런 사이 말입니다. 그런고로 서로 마음도 살피고 궁금해하기도 하면서 그렇게 잘 살면 좋겠어요. 조금 모순적이지요? 그래도 별수 없지요. 에……
사람이라는 게 어느 날은 한없이 상대 생각을 하다가도 결국
에는 내 생각을 먼저 하게 돼요. 너무 친구 같은 가족으로 살다
보면 필요한 말을 더러 안 하게 됩니다. 인자 예를 들면은 이런
것이죠. 자주 안부도 묻고, 오늘은 어떻게 살았는지, 좋아하는
것이 생겼는지, 이번 계절에 가고 싶은 곳은 없는지, 먹고 싶은
것은 없는지. 이상하죠? 실은 친구를 만나면 종종 묻는 안부잖
아요. 그런데 한집 사는 친구라고 생각하면 묻지 않게 됩니다.
왜 그런고 하니 어려울 때만 생각이 나게 돼요. 도움만 받고 싶
고, 배려만 받고 싶어져요. 서로의 뒷배가 되어줘야 하는데 각
자 믿는 구석이 있는 사람들처럼 뻗대게 됩니다. 마음에 조금
어려운 구석이 있어야 서로의 안색도 살피고 그런 것입니다.
서로 다정하게 살아야 오래 잘 살 수 있어요. 고로 아무래도 서
로 조금 어려워야 합니다. 제 말 무슨 말인지 아시지요?”

　한참 주례를 하던 대원은 손목을 흔들어 시계를 보았다. 어
쩐지 하던 이야기가 계속해서 뱅뱅 도는 느낌이 들었는데 자
신도 모르게 주례로 20분이나 떠들어버린 것이었다. 미리 준
비한 쪽지가 있었으나 화장실을 다녀오는 길에 손수건인 줄
알고 덥석 집는 바람에 물에 다 젖어버렸다. 얼추 좋은 이야기
로 시간이나 때우고 내려올 참이었는데 혼자서 한참을 횡설수
설한 것이다. 대원은 땀이 주르륵 났다. 시계는 원래 예상한 시
간보다 한참 벗어난 곳을 가리키고 있었다. 계획이 틀어지자

머릿속이 하얘졌다. 결국 대원은 절대 하지 말아야겠다고 생각한 말로 주례를 마쳐야 했다.

"검은 머리가 파뿌리……."

대원은 쫓기듯 단상에서 내려왔다. 감당할 수 없는 부끄러움에 가슴이 쿵쿵 뛰고 어쩔 줄 몰랐다. 이것이 바라던 딸의 행복한 결혼식인지 생각할수록 장담하기 어려워 시선이 절로 바닥으로 떨어졌다. 그런데도 흘끗흘끗 시계를 보며 조바심으로 땀을 흘렸다. 야속하게도 사회자는 이런 대원의 마음을 아는지 모르는지 자꾸만 시간을 끌며 결혼식의 마무리를 방해했다. 식이 다 끝나고 덤덤한 주영과는 달리 한바탕 운 승호의 화장을 고치느라 사진을 찍는 시간마저 지체되었다. 승호는 도대체 무엇이 그렇게 슬펐을까. 사내자식이 말이야. 내가 더 울고 싶은데 참고 있구먼. 대원은 속으로 생각했다.

여차저차 모든 식이 끝나고 대원은 웃는 낯으로 주영과 승호를 배웅했다. 대원이 생각하는 어른이란 적어도 이런 모습이었다. 행사를 주관하고, 조금 서툴더라도 맡은 바를 마저 다 수행하고. 동시에 속이 복잡한 것이 어른이라고. 손목 안쪽까지 돌아간 오래된 시계를 흔들어 제자리에 놓았다. 생각한 것보다 한 시간이나 지나버렸지만 그래도 기차시간에 아예 늦은 것은 아니었다. 혹시 몰라 여유 있게 표를 끊어둔 덕분이었다. 지금 당장 택시를 탄다면 승산이 있었다. 챙겨온 여분의 옷에 예매 내역이 든 봉투를 챙겨 기차를 타기만 하면 되었다. 이럴 줄 알고 영환에게 식이 끝나면 역으로 데려다달라고 부탁해두었다. 예식장을 서둘러 벗어나 주차장에 있는 영환의 차로 뛰어들었다.

달리는 택시 안에서 바쁘게 옷을 갈아입었다. 나름 깔끔한 옷을 챙긴다고 챙겼는데 하필 전부 부스럭대는 재질의 등산복이었다. 꼭 속이 시끄러운 날은 모든 것이 쉴새없이 시끄럽고야 만다. 한참 옷을 추스르느라 번잡한 소리를 내던 대원은 마지막으로 안주머니에 봉투가 잘 들었는지 확인했다. 그런데 전주역 도착을 10분 남짓 남겨두고 길이 엄청 막혔다. 아뿔싸. 대원이 생각하지 못한 변수가 하나 더 추가된 셈이었다. 대원은 차에서 내려 플랫폼까지 뛰기로 했다. 갈아입은 옷은 영환에게 맡겨두고 챙겨온 배낭을 단단히 고쳐 맸다. 지금이야말로 대원에게 행운이 필요한 때였다.

충분한 실수

0

　전반전 끝 무렵이었다. 점수 차는 한 골. 그러나 게임의 승기는 어느 쪽으로도 기울어지지 않아 점점 과열되었다. 그래. 씨발. 이게 흥분이로구나. 조금 상스럽기는 하지만 지금의 감각을 떠올렸을 때 생각나는 것은 저 말뿐이었다. 거칠게 콧김을 내뿜고 있었지만 숨을 몰아쉬고 있다고는 자각하지 못했다. 미연은 계속해서 숨이 모자랐다. 굴러온 공이 미연의 발밑에 떨어졌다. 아라*는 팀에서 가장 어린 지희가 맡고 있었다. 곧장 고개를 들어 골대로 달려드는 지희와 희경을 보고 미연은 공을 높이 띄웠다. 희경이 엉거주춤 공 아래로 뛰는 모습이

---

* 중앙 미드필더 및 윙어

보였다. 희경에게 따라붙은 선수는 없었다. 지금이 바로 기회였다. 그 모든 과정이 너무나 급박하면서도 슬로모션처럼 보여서 마른침을 삼켰다. 희경이 공을 제대로 받아내지 못할까 봐 걱정되었다. 이것저것 신경쓸 때가 아니었다. 지금은 오직 상대팀 골대 안으로 우리팀이 찬 공이 들어가기만 하면 되었다. 나도 모르게 전방에 대고 목청껏 소리쳤다.

"대가리 들이밀어!"

공은 희경의 머리에도 스치지 못했다. 제 나름대로 힘껏 뛰었겠으나 공이 떨어지는 지점을 맞추지 못한 탓이었다. 경기를 거듭할수록 자꾸만 안달복달하는 마음이 커졌다. 상대팀이 다시 공격을 시작했다.

대회의 순위를 가르는 경기였다. 마지막 경기라 모두 힘이 빠질 법도 했지만 미연은 어쩐지 몸에 피가 도는 것 같았다. 게임은 기세였다. 여기서 먼저 득점 골을 내주는 순간 승패는 한쪽으로 기울 것이 분명했다. 미연은 자신을 향해 달려오는 상대팀 피보* 앞으로 뛰었다. 그가 이곳을 쉽게 지나가지 못하도록 괴롭혀야만 했다. 주변에서 미연의 이름을 연호하는 소리가 들렸다. 전속력으로 달려오던 선수가 속도를 늦추기 시작했다. 언제 다시 속도를 낼지 알 수 없었으므로 심리전에서 지지 않기 위해 발끝을 향한 집중력을 놓치지 않으려고 애썼다.

---

* 전방 공격수

슈팅이든 패스든 위협적인 공격으로 이어지지 않게 방해해야만 했다. 질질 볼을 끌던 그의 발이 무언가 결심한 듯 보였다. 보폭도 더 크게 움직였다. 미연도 따라붙어 공을 향해 발을 넣었다. 발바닥에 공이 걸리며 그대로 쭉 미끄러졌다. 시야도 함께 뒤로 넘어가며 풋살장 바깥에 심긴 나무의 맨 꼭대기가 보였다. 미연은 갑자기 그런 생각이 들었다. 자신이 내뱉은 상스러운 말이 씨발이었나, 대가리였나. 무엇보다 그런 말을 육성으로 내뱉을 줄 아는 사람이었나. 마지막으로 그런 단어를 써본 것이 언제였더라. 그런데 당황스럽기보다 가슴이 시원해졌다. 상스럽고 과격하기는 해도 엄청난 해방감이 느껴졌다.

시야에서 나무가 사라지면서 하늘이 보였다. 전반전이 끝났음을 알리는 휘슬이 울렸고 곧이어 사람들이 하늘을 메우기 시작했다.

1

사람들은 모이면 반드시 사달을 낸다. 미연은 환기를 위해 활짝 열어두었던 베란다 창문을 잡으며 생각했다. 방충망을 열어젖히고 난간에 기대어 고개를 뺐다. 놀이터에서 흙장난을 하던 아이들 중 하나가 터뜨린 울음소리가 아파트 건물을 매섭게 뒤흔들었다. 윗집에는 댓바람부터 손님들이 몰려온 모양이었다. 식기 부딪는 소리, 알아들을 수 없는 사람들의 음성과 웃음소리가 아이 울음소리와 정신없이 섞였다. 조금 멀리서 다른 사람의 소리도 들렸는데 너무 멀어 고함인지 비명인지 구분하기 어려웠다. 한 가지 확실한 것은 웃음소리는 아니었다. 상스러운 말을 내뱉고 그만하라고 소리치고 싶었지만 침묵했다. 놀이터는 공동생활 공간이고, 윗집은 개인 공간이고, 무엇보다 지금은 밤이 아니니까. 그러나 사람들이 내는 소리는 항상 신경을 자극했다. 결국 화풀이는 애먼 곳에 했다. 신경질적으로 방충망 문을 닫았다. 아슬아슬하게 걸려 있던 방충망이 불안하게 들썩거리며 닫혔다. 창문까지 마저 닫고 나서야 주변이 고요해졌다.

베란다 문을 닫고 심드렁하게 소파에 앉아 있던 조카 진영과 눈이 마주쳤다. 서울에 사는 진영이 방학을 맞아 나흘간 집에 놀러 온 참이었다. 미연은 늘 진영의 시선이 신경쓰였다. 어리고 멍한 저 눈동자는 종종 대답하기 곤란하고 예상할 수 없는 질문을 던지곤 했기 때문이다. 거실을 가로지르는 동안에도 진영의 시선이 따라붙자 미연은 쫓기듯 물었다.

"왜?"

"방금 창문에서 무슨 말 하려고 했어?"

"별거 아니야."

"왜? 너무 시끄러워서?"

미연은 말을 돌렸다.

"짐은 다 쌌어?"

진영이 현관 앞을 가리켰다. 이미 가져왔던 가방을 가지런히 정리해 현관 앞에 둔 뒤였다. 진영이 말을 이었다.

"난 이모가 아파트로 이사간다고 해서 놀랐어."

미연이 진영의 옆으로 가 앉았다. 특별히 대꾸할 말이 없는 탓이었다. 잠시 멍하니 앉아 진영의 질문에 대해 생각하다 박수를 치며 일어났다. 멍 때리며 시간을 축낼 때가 아니었다.

풋살대회를 앞둔 탓에 손이 자꾸만 말랐다. 처음 나가는 대회라 긴장되기도 했고 잘못된 선택은 아니었는지 여러 차례 후회하기를 반복했다. 분위기에 떠밀려 나가겠다고 했지만 기회를 봐서 응원이나 하다가 올 생각이었다. 그래도 감독님이 준비물은 빠뜨리지 말고 챙기라고 한 말이 생각나 가방에 이것저것 넣었다. 어제 시내에 나가서 사온 정강이 보호대도 잊지 않고 챙겼다. 잃어버리면 안 된다고 진영이 새겨넣은 이름이 반짝반짝 빛났다. 필요하다고 해서 덜컥 사기는 했지만 이걸 도대체 얼마나 쓰려나. 센터에서 운동할 때는 사용하지도 않는데. 남의 것을 빌려 쓸까도 생각했지만 고작 만 원이었다. 기분이나 낼 겸 새것을 샀다. 대회 한 번에 만 원, 입장료 한 번으로 괜찮은 가격이었다.

다 챙긴 것을 알고도 엄습하는 불안감에 가방 안을 살폈다. 물도 넣었고, 당 떨어질 때를 대비해 사탕도 한 봉지 넣었다. 팀원들과 같이 먹을 만한 초콜릿 한 봉지와 풋살화, 혹시 몰라 챙긴 얇은 외투……. 방과 거실을 분주히 오가는데 여전히 심드렁하게 소파에 앉아 있던 진영이 재차 물었다.

"이모는 풋살이 재밌어?"

"글쎄? 모르겠다."

"이모 사람도 싫어하고, 시끄러운 것도 싫어하잖아. 이모 취향이 바뀌었나봐."

진영의 말을 듣고 보니 그랬다. 풋살은 사람들로 북적이기 그지없는 취미였다. 미연이 입버릇처럼 달고 다니던 말이 사람 꼴 보는 것이 싫어 집 밖에 나가기 싫다는 말, 집이 제일 편하다는 말이었는데. 그래, 역시 풋살대회는 과했다. 갑자기 기운이 한풀 꺾였다. 괜히 다치고 골골대는 것이 싫어서 잘 뛰지도 않았고 건강염려증이 있는 사람처럼 늘 사고를 만들지 않으려고 애썼다. 오랜 시간 엄마를 간병하며 그랬고, 차례로 큰오빠와 셋째 언니가 시간을 두고 세상을 떠날 때도 그랬다. 유독 나만 어린 탓이었다. 내 한 몸 건사하는 것이 얼마나 어려운 일인지 알고 있었고, 어려운 일을 해내지 못했을 때 주변 사람이 어떻게 피로해지는지도 알고 있었다. 취미는 집에 있기였고, 특기는 시간 죽이기였다. 그런데 달에 한 번꼴로 사람들이 다치는 공놀이가 새로운 취미라니. 확실히 이상했다. 이게 다 집에서 시간을 죽이다가 떠오른 잡생각들 때문이었다.

당연히 앞뒤 안 가리고 좋아하는 것들에 푹 빠져 있던 때도 있었다. 아주 오래전에 발로 하는 것은 무엇이든 좋다던 언니와 사귄 적이 있었다. 풋살을 시작한 것도 언니와의 기억 때문이었다. 동네 담벼락에 붙어 있던 홍보물 속 전화에 홀린 듯 전화한 것도 모두 그 기억 탓이었다.

언니와 만나면 항상 공원을 걸었다. 하던 말이 끊기지 않는 날은 같은 길을 몇 번이고 걷고 또 걸었다. 사람들로 가득찬 공간에서 쉴새없이 떠들었다. 지금 내가 얼마나 즐거운지, 언니를 다시 보는 것이 얼마나 기쁜지. 저마다 하는 일로 바쁜 공원에서는 아무도 내 이야기를 듣지 않았다. 나는 더 자유롭고 격양되어 떠들었고 종종 어딘가를 가리키며 언니의 손을 잡아끌었다. 아무도 이상하게 생각하지 않았을 텐데 나에게는 다른 의미가 분명하게 있었으므로 언니의 손을 잡아끄는 내내 가슴이 두근거렸다.

하루는 언니에게 걷는 것을 썩 좋아하지 않는다고 했다. 언니가 좋아서 걷는 것뿐이라고. 걷는 내내 종알종알 말을 붙이는 것은 자신뿐이라 억울하기도 했다. 미연은 맡긴 것이 있는 사람처럼 언니를 재촉했다. 이제 언니 이야기도 좀 해보라고. 끈질긴 독촉에 그제야 자기 이야기를 시작했다. 발로 하는 것은 무엇이든 좋아한다고 했다. 산책로로 넘어오는 축구공을 종종 받아넘기던 일을 기억하느냐면서 어릴 때 이야기를 꺼낸 것이 시작이었다. 태권도 선수가 되고 싶었던 때 부상으로 그만둔 뒤 언니의 이야기는 삶의 궤적을 따라 나열하듯 이어졌다. 운동만 하면 된다고 했던 어른들은 당장 새로운 꿈을 꾸라고 다그쳤다. 오히려 운동을 생각하면 혼이 났다. 그래서 오래도록 어찌할 바를 모른 채로 어영부영 학교에 다녔고, 별일 없

이 졸업했지만 그래도 여전히 어떻게 살아야 할지 모르겠기에
주변의 모든 것을 바꿔야겠다고 다짐했단다. 새로운 목표가
생긴 언니는 어떻게 삶을 바꿔야 할지 고민하다가 집을 나서
기로 했다. 자신이 발로 하는 일을 좋아하니까 발길 닿는 대로
돌아다니는 중이라고 했다. 자신이 버스표를 구한 날 가장 가
까운 시간에 자리가 있던 버스가 전주행이었고, 그렇게 도착
해서 발로 하는 일을 찾다가 택시 운전을 하게 되었다고 했다.
그래서 발로 하는 모든 일을 좋아하는 것만큼이나 발로 했냐
는 말을 싫어한다고도 했다. 해보니 운전은 발로 하는 것이 아
니라는 말도 덧붙였다.

사실 미연은 언니가 하고많은 일 중에 택시 운전을 업으로
삼은 것이 못마땅하기도 했다. 운전은 나이들어서도 충분히
할 수 있는 일이니까. 아직 이것저것 해볼 수 있는 체력이 있지
않은가. 젊고 빛나는 언니가 좀더 자신을 드러낼 수 있는 일을
하기를 바랐다. 이런 생각을 말로 뱉기도 했다. 해도 되는 말과
해서는 안 되는 말을 구분하지 못하던 때였다. 더군다나 삶의
방향을 고민하던 이에게는 더더욱 해서는 안 될 말이었다. 언
니가 미연을 떠난 수많은 이유 중 이런 것들이 많은 부분을 차
지했을 터였다. 어느 날은 이런 말을 쉽게 내뱉는 미연이 버거
워졌을지도 모를 일이다.

그때 미연은 쇠약해진 엄마를 돌보느라 젊은 날을 허비하
고 있었다. 언니와 오빠들은 막 사회생활을 시작해 정신없었

고 엄마 곁에 남은 자식은 금지옥엽 키우던 늦둥이 막내딸뿐이었다. 미연은 사랑받았다는 사실을 잘 아는 아이였고 언젠가 엄마에게 꼭 받은 사랑을 갚아야 한다고 생각했다. 그래서 엄마가 미연을 필요로 했을 때 적극적으로 엄마를 돕기로 했다. 돌아가시기 전까지 엄마를 동동거리며 쫓아다녔고 보살피느라 모든 것에 예민해졌다. 집안에서 유일하게 대학을 나온 자식이었음에도 불구하고 그럴듯한 직장 한번 다녀보지 못한 것이 서럽기도 했다.

언젠가 번듯하게 자리잡고 나면 언니는 발로 하는 운동을 다시 시작해볼 것이라고도 했다. 그래도 가장 즐거웠던 순간은 운동할 때였으니까. 미연은 쉬지 않고 말하는 언니를 보면서 사람이 정말 기쁘게 웃으면 빛이 난다는 사실을 그때 처음 깨달았다. 어느 하나 마음에 걸리는 것이 없는 사람처럼, 그 마음의 그늘은 죄 잊은 사람처럼. 몇 해 뒤 언니는 왔던 것처럼 홀연히 떠났지만 첫사랑의 기억은 오래도록 남아 있었다. 그런 웃음을 본 일도, 미연이 그렇게 웃은 것도 그때가 마지막이었다.

"이모 늦겠어."

진영의 재촉에 정신을 차렸다. 가방을 닫고 신발을 신은 진영의 손을 잡았다. 터미널로 가는 내내 차 안은 조용했다. 원래도 말이 많은 편은 아니었지만 요즘 들어 더 과묵해진 것 같았다. 애가 애답지 않게 어른스러운 것 같기도 하고, 평안하고 진중한 진영과는 달리 미연은 계속해서 목이 탔다. 다른 생각을 해도 좀처럼 긴장감이 가라앉지 않았다. 아무리 생각해도 충동적이었다.

터미널에 도착할 때까지 다른 생각에 집중하려고 애썼다. 차 안에서 침묵만 고수하던 진영과 얼굴을 마주하니 무언가 하고 싶은 말이 있는 눈치였다. 어디 가고 싶은 데라도 있는 것일까? 아니면 너무 집에서만 놀아 재미가 없었을까. 아무리 내향적인 아이라고 해도 전주까지 와서 집에만 있는 것은 별로였나? 사사로운 걱정 속에서도 계속해서 대회 생각에 심장이 두근거렸다. 대회 장소까지 늦지 않게 가기 위한 최적의 동선을 떠올렸다. 동물원 옆에 위치한 체육공원이었다. 진영의 알 수 없는 표정과 대회에 대한 걱정이 두서없이 머릿속에서 뒤섞였다. 고속버스에 올라탄 진영에게 챙겨둔 초콜릿을 한 움큼 건네며 물었다.

"내년에는 동물원 갈래?"

"이모 요즘 학교에서는 동물권이라는 걸 배워."

"별걸 다 가르친다. 그럼 내년에는 뭐 하지?"

"내년에는 고등학생이니까 이제부터는 방학 때 공부해야지. 그 이야기하려고."

2

곧장 경기장으로 향했다. 그곳은 옆에 붙어 있는 동물원을 찾은 가족 단위 관광객으로 북적였다. 동물원 입구를 와본 지도 거의 십수 년 만이었다. 그때 만나던 언니와 마지막 데이트를 한 곳이기도 했다. 그 당시에도 인기 있는 데이트 장소였는데. 주변을 둘러보니 여전한 듯했다. 가족 단위 관광객들 사이로 젊은 커플도 여럿 보였다.

미연은 언니와 헤어진 뒤 몇 사람을 더 만났지만 오래가지 못했다. 시간이 지나며 언니는 잊었고, 아이가 있는 것도 아니어서 딱히 와볼 생각을 못 했다. 그런데 오랜만에 동물원 입구에 서니 기분이 이상했다. 다시 어려진 것 같기도 하고, 옛날 생각에 손바닥이 간지러웠다.

상념에 빠져 있는 사이 언니에게서 전화가 왔다. 진영이 버스를 탔느냐고 물었다. 동물원 입구에서 발을 돌려 경기장으로 향할수록 사람들 고함소리가 시끄럽게 들려왔다. 점점 커지는 고함소리에 언니가 짜증을 냈다. 풋살대회에 나왔다고 하니 이제는 잔소리를 늘어놓았다. 나이 먹어서 그렇게 거친 운동하다가는 평생 힘들다느니, 안 그래도 굵은 다리 더 굵어지면 어쩌냐느니, 시집도 안 가고 애도 안 낳더니 테스토스테론이 너무 많이 나와 힘이 주체가 안 되냐느니. 놀러 나온 것이며 후보 선수라고 둘러대고 전화를 끊었다. 언니는 대체로 다정하고 살가웠지만 꼭 이럴 때 옛날 사람 티를 냈다. 그래도 언니의 타박을 아예 못 들은 척하지는 못해서 마음에 남았다. 언니가 꼭 없는 소리를 하는 사람도 아니었고(테스토스테론 이야기는 없는 소리겠지만). 대회까지 출전하는 일은 조금 과한 것도 같았다. 그래, 확실히 대회까지는 과했다.

경기장이 모습을 드러내더니 대회 천막에 사람들이 잔뜩 모여 대회 준비를 하고 있는 광경이 보였다. 일전의 통화는 금세 잊었고 뜨거운 태양 아래서 저마다 분주한 여자들을 보며 처음 풋살을 배우러 왔을 때를 떠올렸다.

꽤 오랫동안 미연의 동네에는 성인 여성 풋살팀 모집 현수막이 걸려 있었다. 종종 옛 추억에 잠기기는 했지만 직접 전화를 걸어 배워볼 생각은 한 번도 한 적이 없었다. 처음에는 언니 생각이나 동네 풋살팀 광고 현수막에 눈길이 갔다. 하지만 결국 신청까지 이어지게 된 건 즐겨보던 축구 예능 프로그램에서 응원하는 팀이 생긴 덕이었다. 처음에는 꼴찌인 것이 마음 아파 신경쓰였고, 차츰 부단한 노력으로 실력을 키워가는 모습이 감동적이었다. 그러다 덜컥 수강료를 지불하고 말았다.

첫 수업을 다녀오고서는 충격과 혼란으로 가득했다. 준비운동과 컨트롤 훈련까지는 그런대로 잘 따라갔지만 훈련 말미에 진행한 연습게임에서는 수업 때 배운 것을 모두 잊어버렸다. 이전에 혼자 하던 운동들과는 전혀 다른 감각이었다. 함께 팀을 이룬 사람들과 속도를 맞추는 것이 특히 어려웠다. 오늘 처음 본 사람들과 계속해서 몸이 닿았다. 실컷 몸을 부딪치고 움직임이 허락하는 한 계속해서 뛰었다. 사방으로 튀는 공을 따라가느라 바쁘다보니 주변을 보며 패스하는 행위는 사치에 가깝게 느껴졌다. 결국 연습경기가 끝나기도 전에 다리에 힘이 풀려 벌러덩 누워버렸다. 미연은 턱끝까지 차오르는 숨을 몰아쉬며 아주 오랜만에 밤하늘을 보았다. 숨이 탁 하고 풀어졌다.

시야에 불쑥 손 하나와 얼굴이 들어왔다. 누우면 퍼져요. 일어나서 숨 골라야 해요. 지희였다. 내민 손을 덥석 잡고 일어났다. 그렇지. 풋살은 혼자 하는 운동이 아니지. 박수를 쳐주며 소리치는 사람들이 보였다. 가쁜 숨을 몰아쉬며 생각했다. 사람을 싫어하는 줄 알았는데 싫어하는 사람이 있었던 거구나. 마흔 줄에도 여전히 나에 대해 새로 아는 것이 있다니. 다음달에도 수강료를 결제하겠구나.

처음 수업을 들으러 갔을 때보다 곱절로 많은 사람들이 모여 있었다. 참가팀만 해도 열 팀이 넘었으니 당연한 일일 터다. 미연은 전혀 모르던 세계에 발을 들여놓은 사람처럼 모든 것이 신기했다. 동네에서 하는 작은 대회고, 비슷하게 다 초보일 것이라고 생각했는데 그것도 아니었다. 아주 오래된 팀도 있었고 연령대도 다양했다. 이렇게 많은 사람이 풋살을 하고 있었다니. 저마다 유니폼을 입은 사람들 사이로 의료 부스도 있었고 심판복을 입은 사람들도 오갔다. 미연은 대회 진행 부스에 놓인 트로피를 구경하다 감독님 손에 잡혀 그대로 끌려갔다. 다들 같은 옷을 입고 반갑게 인사하는 사람들 사이에 섰다. 여전히 정신없고 묘한 흥분에 휩싸였다.

풋살은 참 이상한 운동이었다. 짧은 시간에도 사람을 계속해서 이리 놓았다가 저리 놓았다가 혼을 쏙 빼놓았다. 멍하니 서 있다 몸 풀자는 말에 정신이 번뜩 들었다. 새로 산 정강이 보호대도 양말에 끼워넣고 풋살화도 고쳐 신었다. 처음 신은 정강이 보호대가 낯설게 느껴졌다. 괜히 익숙해지려 위아래로 몇 차례 뛰었다. 보도블록의 단단함이 발바닥을 타고 허리까지 정직하게 느껴졌다.

3

말 그대로 꾸역꾸역이었다. 대진운이 좋았고 기세가 좋았다. 미연을 포함한 대부분의 팀원이 풋살을 배운 지 오래되지 않은 탓에 사소한 실수도 몇 차례 이어졌다. 하지만 금세 적응했고 내내 득점도, 실점도 없이 이어지다 마지막에 들어간 골이 계속해서 다음 경기로 이끌었다. 거의 모든 게임의 연장전을 뛰었고 뒤로 갈수록 더 많이 힘들었다. 미연은 팀원들에게 챙겨온 초콜릿을 나누어주며 격려도 잊지 않았다. 이제 정말 어느 경기가 마지막이 될지 몰라. 다들 조금만 더 힘내자. 끝내고 맛있는 거 먹으러 가자. 미연은 무심코 말을 뱉어놓고 어색해했다. 진영이 버스에서 건넨 마지막 말이 불쑥 떠올랐다. 이모에게 친구가 생겨 기쁘다는 것.

미연은 자라는 내내 성인이 된 언니와 오빠가 여럿 있는 아이였으므로 언제나 대장이었다. 누군가 심기를 거스르면 잔뜩 미간을 찌푸리고 언니, 오빠에게 이를 거라고 말하면 되었다. 마음대로 되지 않는 것이 없었고 갖고 싶은 것 중에 갖지 못한 것도 없었다. 그런 미연을 두고 엄마는 나중에 염치없는 사람이 되면 어쩌나, 주변에 아무도 남지 않으면 어쩌나 걱정했다. 그럴 때마다 미연은 엄마 곁에서 할 수 있는 일을 했다. 염치없거나 이기적인 사람으로 자라지 않았음을 증명하려고 애썼다. 그러나 증명하려고 애쓰면 애쓸수록 더 쉽게 금지옥엽 막내딸이라는 소리를 들어야만 했다. 엄마가 병원에 오랫동안 누워 있게 되었을 때도 그랬다. 뜨개질하거나 스도쿠를 하면서 입 밖으로 뱉지는 못할 말들을 속으로 구시렁거렸다. 가끔 잠든 엄마의 귀에 속삭여본 적도 있었다. 엄마, 여기 나밖에 안 와. 이래도 나만 금지옥엽이야? 그 말을 엄마가 들었는지는 모를 일이었다.

경기장 옆길에 되는 대로 깔아둔 돗자리에 냉기가 돌았다. 나무 사이로 불어오는 바람에 못 이기듯 벌러덩 드러누웠다. 유니폼 사이로 바람이 들어차며 온몸에 소름이 돋았다. 미연은 옆에 있던 외투를 덮었다. 역시 챙겨오길 잘했어. 혹시나 싶어 챙기면 역시나 필요한 일이 생기기 마련이었다. 흠뻑 흘렸던 땀이 식는 것을 느끼며 눈을 감았다. 가슴은 여전히 누군가 북을 울리는 것처럼 벌렁거렸다. 느릿하게 바나나를 우물거리던 지희가 말했다.

"우리 이렇게 매 경기 연장전하니까 승부차기 순서라도 정해야 하지 않겠어요?"

승부차기라는 말에 몸을 벌떡 일으켰다. 안 그래도 벌렁거리는 심장이 진정이 안 되었는데, 승부차기라는 단어를 듣자마자 이미 그 상황에 내몰린 것 같았다. 미연이 선뜻 대답하지 못하고 머뭇거리는 사이 감독님이 긍정했다.

"그래요. 혹시 모르니까 정해놓읍시다. 미연씨가 먼저 차요."

"제가요? 1번을요?"

다급하게 되물었다.

"공 받을 때도 이렇게 민첩하면 얼마나 잘할까. 원래 이런 건 주장이 먼저 하는 거예요."

미연은 자신이 주장이었다는 사실을 까맣게 잊고 있었다. 그제야 팔뚝을 감싸고 있던 완장의 압박감이 느껴졌다. 딱히 원해서 된 것은 아니었다. 아픈 엄마를 돌본 이유와 마찬가지였다. 어차피 남들이 하지 않는 일은 직접 나서서 해버리는 편이 낫다고 생각했다. 아무도 하지 않겠다는 일을 도맡아할 때는 책임의 무게도 더 덜했다. 모두가 하지 않겠다고 말한 일을 한 사람이니까. 그 누구도 함부로 대하지 못했다. 무언가 하기로 결정했을 때는 항상 그런 식이었다. 다들 서로의 시선을 외면하다 미연에게로 눈길이 쏠렸을 때 할 사람이 없으면 하고 손을 들었을 뿐이다.

그러나 그 말이 싫지 않았다. 주장이니까. 자신도 모르게 어깨에 힘이 들어갔다. 그러나 승부차기에서 1번은 내키지 않았다. 너무 긴장한 탓에 반드시 실수할 것 같았다. 1번 대신 5번을 하겠다고 자청했다. 모두가 잘 안 되었을 때 가장 어려운 1번을 맡겠다고 둘러댔다. 주변에서 탄성이 터져나왔다. 미연은 자신도 모르게 시선을 아래로 떨구었다. 누군가 어깨를 툭 밀자 힘을 준 어깨에 더 많은 힘이 들어갔다. 미연은 남모르게 슬쩍 웃었다.

4

결국 전반전에 한 골을 내주고 말았다. 사람들이 말하던 승부차기까지 버텨낼 수 있을지도 의문이었다. 반드시 한 골을 집어넣어 무승부라도 만들어야 했다. 쉬는 시간에 누군가 자신의 실수를 계속해서 자책했다. 미연은 죽은 자식 불알 만지는 소리 그만하라는 말이 떠올랐으나 대신 입을 꾹 다물고 어깨를 토닥였다. 엄마랑 너무 오랜 시간을 보낸 탓이었다. 아무 때나 옛 어른들이 하던 말이 튀어나왔다.

경기장 안에서야 모두 흥분해 상스러운 말을 해도 개의치 않을지도 모르지만 경기장 밖은 아니었다. 다들 숨을 고르고, 냉정을 되찾고, 서로의 말을 듣는 시간이었다. 미연이 아무리 흥분했다고 해도 때와 장소를 가리지 못하는 사람은 아니었다. 게다가 그 속담을 떠올릴 때면 언제나 상스럽다고 생각했다. 이미 지난 일이니 그런 후회는 아무짝에도 쓸모없다고 충분히 말할 수 있으니까. 무엇보다 나는 불알도 없었고 자식도 없을 예정이라서 어쩐지 불알 타령하는 것은 여러모로 옳지 않게 느껴졌다. 뭐, 불알이 달려 있다 하더라도 그런 말은 안 썼겠지만. 휘슬소리가 경기장에 울렸고 다들 몸을 털며 라인을 넘었다.

후반전이 시작되면서 무릎 뒤쪽으로 통증이 느껴졌다. 원래도 무릎이 좋지는 않았지만 전에 없이 불안한 감각이 다리를 휘감았다. 그러나 금세 통증을 잊었다. 지지부진한 경기 흐름과 후반전 들어 더욱 끈질기게 달라붙는 상대팀 픽소* 때문이었다. 유니폼을 잡는 손을 뿌리쳐보기도 하고 신경질적으로 팔을 휘두르기도 했지만 상대는 개의치 않는 것 같았다. 마지막 공격 기회였다. 여기서 반드시 득점을 해야만 했다. 운동장 밖에서 감독님의 고함소리가 연신 들렸다. 빠르게 패스해서 전개하라는 다그침이었다. 패스할 곳을 찾았지만 마땅하지 않았다. 계속된 경기로 모두 지친 것이 분명했다. 몸싸움에서 밀려난 상대가 미연의 등에 대고 팀원들을 향해 소리쳤다.

"어차피 못 끌고 가. 패스길 막아!"

어차피? 속을 헤집어놓으려 일부러 하는 말임을 알고도 화가 치밀었다. 주변이 점점 좁아지고 숨이 가빠졌다. 눈에 들어오는 것은 풋살화를 신은 자신의 발과 공, 골대뿐이었다. 무릎의 삐걱거림이 점점 더 자주 느껴졌지만 무시하고 공을 몰았

---

* 최종 수비수

다. 한 걸음 크게 내딛고 반박자 빠르게 슈팅해야 할 때였다. 수비수도, 골레이로*도 반응하지 못하도록.

실은 이런 취미 활동에 목숨을 거는 사람들을 경멸해왔다. 너무 잘하고 싶어하는 마음 자체가 이해되지 않았다. 인생이 얼마나 재미가 없으면 취미생활에 목숨을 걸까. 연습게임이든 아마추어대회든 성적을 낸다고 해서 뭐가 달라지나? 고작 취미생활일 뿐이었다. 주어진 시간 만큼 움직이고 운동한 기분을 내면서 집으로 돌아가면 그만인. 열심히 하고 잘한다고 해서 인센티브가 있는 것도 아니었고, 직장이나 공동체에서 평판과 위신을 높여주는 일도 아니었고, 대단한 자아실현을 할 수 있는 일은 더더욱 아니었다. 절대로 욕심을 낼 만한 상황이 아니었다. 그런데도 사람들은 자꾸만 욕심을 냈다. 더 잘하고 싶어했고 무리해서 움직였다. 매달 연습이며 경기 때면 다치는 사람들이 생겼다. 그럴 때마다 미연은 사람들을 한심하게 보았다.

언젠가 슈팅하는 것을 배운 적이 있었다. 반박자 빠르게 옆으로 밀어놓고 한 번에 가서 차는 식이었다. 공을 두어 번 더 밀어내거나 머뭇대다 차는 것보다 훨씬 템포가 빠르기 때문에 골레이로가 반응하기 힘들다고 했다. 하지만 정작 힘든 쪽은 미연이었다. 발목과 무릎에 힘이 없는 탓에 한걸음에 공을 찰

---

* 골키퍼

수 있을 정도로 이동하는 것이 쉽지 않았다. 수차례 같은 동작을 반복했지만 한 번도 공에 발이 제대로 맞지 않았다. 미연의 발에 닿은 공은 픽픽 소리를 내며 힘없이 날아가기만을 반복했다.

그에 반해 가장 젊은 회원이었던 지희는 공에 발을 대는 족족 경쾌한 소리를 만들어냈다. 움직임은 항상 여유로웠고 언제나 정확하게 패스했다. 눈에 띄는 지희의 실력을 보면서 참이 공간과 무리에 어울리지 않는다는 생각을 했다. 쓸데없이 취미에 '악으로 깡으로'를 외치던 또래 회원들만큼이나 지희가 이해되지 않았다. 젊은 사람들이 많은 클럽으로 가면 더 좋지 않을까? 지금보다 더 자주 이기는 게임을 할 수 있을 텐데……. 궁금증을 참지 못하고 물은 적이 있었다. 뭐 하러 아줌마들만 잔뜩 있는 클럽에서 공을 차느냐고. 젊은 사람들끼리 운동하는 클럽으로 가야 수준이 맞지 않겠냐고. 돌아온 지희의 대답은 간결했다.

"우리팀 재밌어요. 계속 재미있게 하고 싶어요. 너무 애쓰는 건 별로……."

그날 지희의 대답이 오래도록 불쾌했다. 악으로 깡으로 뜻대로 움직이지 않는 몸을 애써가며 연습하고, 그러다 다치는 것을 한심하다고 생각한 것과 크게 다르지 않은데도 그랬다. 땀에 푹 젖어 집으로 돌아가는 내내 운동장에서 쏟아졌던 말들이 머릿속에서 정신없이 부딪쳤다. 속에서 끓어오르는 감정은 질투이기도 했고 반감이기도 했다. 공연히 자존심이 상한 탓이었다.

차기 좋은 방향으로 공을 밀어놓았을 때 기분 좋은 예감이 들었다. 그동안의 기억들을 반추하면 그런 식이었다. 사는 동안 후회라고 할 것은 없었으나 기꺼운 것도 없었다. 그런데 지금 발을 뻗지 않으면 후회할 것 같았다. 기꺼이 발을 내밀고 싶었다. 연습 때도 되지 않던 동작을 해낼 수 있을 것 같은 기분이 들었다. 처음 느껴보는 기분 좋은 쾌감이 미연의 몸을 휘감았다. 여기서 발등에 공이 맞지 않아도, 무릎에 힘이 빠져 그대로 고꾸라져버려도 후회되지 않을 것 같았다. 밀어낸 공을 향해 디딤발을 딛고 공을 향해 남은 발로 힘껏 찼다. 공이 아주 시원한 소리를 내며 발등에 얹히는 것이 느껴졌다. 연습 때도 되지 않던 스텝이 거짓말처럼 부드럽게 이어졌고 발등에 잘 맞은 공은 쭉 뻗어나갔다. 속도를 이기지 못하고 쏟아지는 몸을 멈추어 세우기 위해 발을 마저 굴렀다. 날아가던 공은 핑음을 내며 골대에 부딪혔다. 동시에 미연의 무릎에서도 심상치 않은 소리가 났다. 무릎에 돌을 맞은 것 같았다. 골대를 맞고 굴절된 공은 다시 골레이로의 손을 맞고 골대 그물 안으로 빨려들어갔다. 곧이어 경기 종료를 알리는 휘슬이 울렸다. 무릎의 욱신거림이 점점 더 심해질수록 주변이 다시 보이기 시작했다. 도무지 일어날 수 없어서 그대로 잔디에 드러누웠다. 뜨겁고 눅눅한 공기가 주변을 감쌌다. 이제 승부차기로 승패를

가를 터였다. 하지만 미연은 키커로는 나설 수 없을 것 같았다. 숨을 쉴 때마다 더운 숨이 들어왔다가 더운 숨이 나갔다. 동시에 엄청난 개운함이 온몸을 감싸고 돌았다.

한심했나? 오히려 그 반대였다. 충분했다. 몸이 잘못되었음을 알고도 뻗은 것은 분명한 실수였지만. 만족스럽다는 생각이 미연의 머릿속을 가득 채웠다. 잔디에 누워 점수판이 넘어가는 쪽으로 고개를 돌렸다. 욱신거리는 무릎을 부여잡고 있는 힘껏 소리를 질렀다.

뿔 있으세요?

오빠가 결혼할 사람을 소개해주는 자리였다. 원래라면 무슨 반찬을 먹을까 고민하고 있었을 텐데 통 식사에 집중하지 못했다. 연신 양쪽 엉덩이에 힘을 잔뜩 주어 고쳐 앉았다. 도저히 힘을 풀고 등을 굽혀 편히 앉을 수가 없었다. 반찬을 집으며 계속해서 엉덩이를 들썩거렸다. 그러다 가끔은 반찬을 그대로 손에 쥔 채 자세를 고쳐 잡았다. 자꾸만 식사에 집중하지 못하고 꼼지락거리는 통에 온 가족의 따가운 눈총을 받아야 했다. 오빠는 자꾸만 헛기침하며 째려보았고 엄마는 계속해서 허벅지를 꾹꾹 눌러댔다. 나는 결국 젓가락을 내려놓고 잠시 화장실로 자리를 피했다.

화장실에 들어와 엉덩이를 매만졌다. 불룩 튀어나온 꼬리뼈 부근을 만지작거렸다. 정확하게 말하면 엉덩이 골 꼬리뼈 아래에 뭉툭하고 얇은 무언가가 만져졌다. 꼬리뼈 아래로 뼈가 하나 더 생긴 듯했는데 처음에는 그저 피부가 부어오른 것이 라고 생각했다. 그러나 무언가 확실히 잘못되었다. 분명히 뿔 이었다. 혹도 아니고 딱딱한 뿔 따위의 무언가. 며칠째 없어지 지도 않고 그대로인 뿔. 어정쩡한 삶이 항상 불만이었는데 이 런 식으로 듣도 보도 못한 특별함을 느끼고 싶었던 것은 아니 었다. 같은 경험을 한 사람이 몇 있는 정도의 소수의 특별함을 말한 것이지 오직 나 하나뿐인 특별함을 원한 적은 없었다. 꼬 리뼈 뒤에 뿔이 난 사람 이야기는 들어본 적도 없어 어떻게 하 면 좋을지 떠오르는 것이 전혀 없었다. 뿔과 관련된 이야기는 속담 하나 아는 것이 전부였다.

지난 금요일 밤을 되짚었다. 정말 이상한 하루였다. 하루종 일 냉탕과 온탕을 오갔다. 좋은 일이 한 가지 있으면 반드시 나 쁜 일도 한 가지 생겼다. 그 반대의 경우도 마찬가지였다. 늦잠 을 잤지만 전력 질주해 버스를 놓치지 않았고, 커피를 들고 가 다 발을 헛디뎌 넘어졌지만 다행히 쏟지는 않았다. 점심에는 국그릇을 엎어 세탁소를 다녀올지 고민하다 동료의 말에 옷을 새로 사는 쪽을 택했다. 덕분에 오랫동안 갖고 싶었던 셔츠를 용기 내 구매했다. 오는 길에 복권가게의 광고가 눈에 들어와 덜컥 즉석복권 3000원어치를 사서 긁었다. 운 좋게 마지막에 긁은 복권이 당첨되었다. 돌아와서는 먼저 이직한 선배로부터 지금보다 더 좋은 조건으로 이직 제안을 받았다. 종일 작성하던 서류가 오류가 나 전부 날아가버렸고, 오랫동안 연락이 끊겼지만 보고 싶었던 친구에게서 전화가 왔다. 저녁 메뉴를 고민하다 엄마와 아빠, 우영에게 저녁 메뉴를 추천받았다. 중화요리를 먹고 싶었는데 일식집을 선택했다. 엄마가 우동을 추천했기 때문이다. 엄마는 기름진 음식을 너무 자주 먹는 것 같다며 타박했다. 일리 있는 말이었다. 잠들기 전 핸드폰을 뒤적거리며 휴먼 다큐 하나를 보았고 욕지거리가 치밀어오르는 범죄 뉴스를 읽었다. 마지막으로 본 기사는 실수로 집을 나왔다가 극적으로 주인을 찾은 고양이 이야기였다. 오랫동안 혼자 살던 할머니가 사랑으로 보살피던 녀석이었다. 고놈이 먼저 가나, 내가 먼저 가나 이제 알 수 없게 되었다고 말하는 할머니 말에 눈물도 찔끔 흘렸다. 지지부진한 흐름을 참지 못하고 스크롤을 빠르게 넘겼다. 얼마간 고생한 듯한 꾀죄죄한 몰골의 고양이가 할머니와 눈물의 상봉을 하고 이야기가 끝이 났다. 알고리즘에 다른 영상이 떴지만 보던 영상의 건너뛴 구간으로 다시 돌아갔다. 결말을 알고 나니 마음이 홀가분했다. 이 지난한 과정이 지나면 고양이는 할머니를 다시 만날 수 있으리라. 옅은 미소를 짓기도 했던 것 같다. 그것이 그날의 마지막 기억이었다.

울다가 웃기를, 웃다가 울기를 반복한 것은 이미 지난 일이었고 평소와 다름없이 눈을 떴다. 고질적으로 등과 허리가 좋지 않았는데 대부분의 시간을 책상에 앉아서 보내고 있기에 어쩔 수 없는 일이었다. 목부터 허리까지 피부 아래로 누가 널빤지를 깔아둔 것 같은 기운을 느끼며 눈을 떴다. 반복 알람을 끄려고 손을 뻗으면서 허리와 골반을 이리저리 돌리다가 몸이 굳었다. 무언가가 엉덩이에 존재감을 과시하고 있었다. 이것이 엉덩이의 뿔을 발견한 첫번째 기억이다.

그러고 보니 그 전날 비가 왔다. 아침에 일어나 왼발로 침대를 나선 탓에 불안한 마음으로 하루를 시작한 기억이 떠올랐다. 아주 오랜 징크스였는데 새카맣게 잊고 있었다. 비가 오는 날에는 반드시 오른발로 침대를 나섰어야만 했다. 징크스를 잊은 벌이었을까? 몸을 움직이자 오랫동안 눌려 있던 엉덩이가 풀어지며 뿔 근처가 욱신거렸다. 혹시 정형외과적 문제는 아닐까? 주기적으로 물리치료를 받아야 한다고 말하던 의사의 인중이 떠올랐다. 이대로 나쁜 자세와 나쁜 생활 습관을 방치하면 나중에 더 큰돈을 들여야 할 겁니다. 물리치료 꾸준히 받으시고 생활 습관 개선하셔야 해요. 으름장을 놓는 의사의 눈을 자세히 바라보지 못했다. 구구절절 맞는 말이었기 때문에 나는 진료가 끝날 때까지 의사의 인중만 응시했다. 틈틈이 고개를 주억거리는 것도 잊지 않았다. 참나, 누가 그걸 모르나. 그럴 형편과 상황이 안 되는 것을. 연달아 할머니 어깨를 주무를 때마다 보았던 목뒤의 혹이 떠올랐다. 구부정한 자세로 시간을 보내다 불룩 튀어나온 할머니의 목. 지난날의 모든 기억이 이 뿔은 뼈의 문제라고 말하고 있었다. 그래, 나쁜 자세 때문에 엉덩이에 혹이 생겼구나. 근데 혹은 조금 물렁하지 않나? 다시 뿔을 만져보았다. 손에 잡히는 감각은 혹보다는 훨씬 단단했다. 엉덩이에서 손을 떼고 필사적으로 고개를 흔들어 잊기로 했다. 더 미적거리다가는 지각을 면치 못할 것이 분명했다. 며칠 더 견디면 없어지겠지. 일시적인 현상일 거야.

미적지근한 성격을 바꾸어보려고 노력하던 것도 아니었고 주도적으로 살아보겠다며 다짐한 적도 없었다. 주도적이지 않다는 것은 책임지지 않아도 될 일이 많다는 뜻이니까 후회도 덜할 수 있었다. 차라리 그편이 더 좋았다. 그러니까 어정쩡하고 우유부단한 성격과 삶의 궤적이 자주 못마땅했지만 견디지 못할 정도도 아니어서 그런대로 순응했다. 게다가 산만했기 때문에 한 가지 생각을 오래 하지 못했다. 몇몇 어려운 결정은 어른들에게 묻는 것이 자연스러웠고 사소한 선택은 잡담처럼 주변에 의견을 물었다.

그뒤로 별반 나아지지 않는 주말을 보내고 출근한 참이었다. 주말에 누워 있을 때 느끼던 사소한 불편은 일과 시작과 동시에 거대한 불행으로 이어졌다. 오전 업무시간 내내 엉덩이가 저려 참을 수 없었기 때문이다. 이전의 자세로는 도통 앉아 있을 수 없어 자주 일어났다 앉기를 반복했다. 일요일 점심처럼 한때만 견디면 될 문제도 아니어서 더 죽을 맛이었다. 차라리 내내 서 있고 싶었지만 사람들의 이목을 끌고 싶지는 않았기 때문에 여러 번 일어날 핑계를 만드는 쪽을 택했다.

지난주에 보냈던 메일에 답장이 왔다. 이직 제안을 받은 참이었는데 궁금한 것이 많아 문의를 남긴 상태였다. 답장은 두루뭉술해서 내용을 이해하기 힘들었다. 질문마다 답변이 달려 있었지만 어느 것 하나 확실하게 답한 것이 없었다. 확신이 서지 않자 더 불안해졌다. 엉덩이는 계속해서 저렸고 이직 제안에 대해 한쪽으로 마음이 쏠리지 않았다. 경험해본 적 없는 일에 둘러싸여 숨이 막혔다. 결국 점심시간에 엄마와 통화하는 대신 정형외과에 다녀오기로 마음먹었다.

의사에게는 사실대로 말하지 못했다. 어느 날 갑자기 엉덩이에 뿔이 생겨 앉기 불편하다고 말할 수 없었다. 정신 나간 여자라고 생각할 것이 분명했다. 가장 그럴듯한 핑계를 고민하다 넘어졌다고 거짓말했다. 의사는 엑스레이를 찍어보자고 말했고 결과지를 보며 쯥 하는 소리를 두어 번 냈다. 사진상으로는 아무런 이상이 보이지 않아 초음파 검사도 진행했다. 의사는 여전히 난처한 숨소리를 냈다.

"여기가 꼬리뼈거든요? 이 주변이 인대나 근육이고…… 특별히 문제없어 보입니다."

결국 넘어지면서 근육이 놀란 것 같다는 결론을 냈다. 소염진통제를 처방했고 오랜만에 물리치료를 받고 갈 것을 권했다. 하지만 처방전만 받아 병원을 나왔다. 주말이라면 모를까 평일에는 물리치료를 받을 시간이 없었다.

돌아와서도 한참 동안 메일함을 들여다보았다. 지금 하는 일을 좋아하는 이유는 전반적인 업무와 책임이 단순하기 때문이었다. 회사 내의 기록을 검수하고 관리하는 일이었다. 누구나 자료를 열람하기 쉽도록 알맞은 이름으로 적절한 폴더에 넣는 일이 전부였다. 때때로 이런저런 자잘한 업무 보조를 하기도 했지만 할당된 주 업무는 그런 일들이었다. 내가 정리한 자료들은 다른 부서의 업무를 위해 사용되었다. 그러나 이직하면 어떨까. 그곳에서도 이런 일을 줄까? 이런 일을 하는 사람이 따로 필요하다고 생각할까? 전혀 알 수 없는 일이었다.

한숨을 푹 쉬며 고개를 떨구다가 허리를 관통하는 짜릿한 감각에 고개를 다시 들었다. 나도 모르게 큰 소리를 내며 벌떡 일어났다. 오금을 맞고 튕겨나간 의자는 힘없는 소리를 내며 굴러가 뒤편의 파티션에 부딪쳤다. 고요하던 사무실에 둔탁한 파열음이 울려퍼졌다. 한창 무언가에 열중하던 동료의 눈이 칸막이 너머로 불쑥 나타났다. 눈썹을 두어 번 움직이는 그의 반응에 나는 아무렇게나 둘러댔다.

"쥐가 나서요."

"운동 부족이야. 짠 거 너무 많이 먹어서 그렇기도 하고. 건강하게 먹고 운동해야 해. 아니면 고양이를 키우든지."

여전히 동료는 눈밖에 보이지 않았지만 비죽대는 입술이 보이는 것 같았다. 누구나 할 법한 훈계와 이미 수천 번은 들어 낡고 해진 농담을 늘어놓고 킥킥대며 고개를 내렸다. 나는 의자를 다시 자리로 가져왔고 공연히 기지개를 켜는 척 팔을 돌리며 사무실을 벗어났다.

아주 오랫동안 스스로 결정하는 일을 하지 못했다. 기록과 문서를 알맞은 폴더에 넣는 작업은 명쾌한 일이었지만 그 밖의 일들은 예외가 너무 많았다. 핸드폰 통화 기록에는 엄마와 아빠, 우영, 그리고 몇몇 알 수 없는 스팸 전화와 여론조사 전화뿐이었다. 엄마에게 묻지 않고 결정해볼까 하다가도 결국 여러모로 편한 방식을 택하기로 했다. 복도에 나와 저릿한 엉덩이를 매만지며 입을 뗐다.

"뭐야. 왜."

"어, 그게……."

나도 모르게 말을 더듬었다. 뿔 이야기가 쏙 들어간 탓이었다. 어떻게 말하면 좋을지 정리가 더 필요하다고 생각했다. 대신 이직에 대해 어떻게 생각하는지 물으려고 했다. 그런데 마찬가지로 입이 도통 떨어지지 않았다. 답을 알고 있기 때문인지도 몰랐다. 엄마라면 무조건 월급 많이 주고 더 큰 회사로 가라고 말할 것이 분명했다. 내가 말을 머뭇거리자 엄마는 신경질을 냈다. 엄마의 재촉에 고개를 돌려 주변에 사람이 없는지 확인했다. 결국 하나를 묻기로 결심했다. 손바닥으로 입을 가린 채 나직이 속삭였다. 엄마, 나 엉덩이에 문제가 생겼어.

"뭐라고? 크게 좀 말해봐. 너 낮에 전화하면 내가 놀라는 거 알아, 몰라? 뭔데. 사고 났어?"

"나 엉덩이에 뿔 났어. 꼬리뼈 아래에 뿔 같은 게……."

"시답지 않은 소리할 거면 끊어. 참, 너네 오빠 결혼식에 입을 한복 골라야 하는데 신랑 어머니라고 파란색을 입으라더라. 말이 되니? 이제는 그런 구태의연한 관습들은 융통성 있게 바꾸기도 하고 그래야지. 안 그래? 난 파란색 안 받는단 말이야. 요즘 애들 말로 뭐니. 내가 웜톤이라더라. 어머, 냄비 넘친다. 일단 끊어봐."

황당하게 끊긴 전화에 잠시 멍하니 서 있다 다시 자리로 돌아왔다. 어렵사리 꺼낸 말이 무색해졌다. 고민 끝에 뿔의 존재를 말하는 족족 무시당하고 있었다. 그냥 이직 이야기나 할 것을 괜한 소리를 했다는 자책이 들었다. 사무실로 돌아와서도 금방 앉지 못하고 서서 의자를 노려보았다. 마음 같아서는 지나가는 아무나 붙잡고 묻고 싶었다. 혹시 엉덩이에 뿔 나본 적 있으신가요? 만약에 그런 일이 실제로 일어난다면 어떻게 하시겠어요? 그럼 이직은 어떤가요? 이직할까, 말까 고민되는데 어떻게 하면 좋을까요? 나뭇잎이라도 뜯어다 점을 보고 싶었지만 시멘트 건물 안에 뜯어서 점을 볼 만한 나뭇가지 같은 것은 없었다.

머릿속이 정신없이 산만했다가 맑아지면서 별안간 알 수 없는 용기가 샘솟았다. 그래, 이 엉덩이의 뿔과 담판을 짓자. 무엇보다 더는 앉아 있을 수 없어 반차를 냈다. 부장은 지금 하는 작업을 금주 내로 끝내야 한다며 으름장을 놓았지만 얼굴이 불그죽죽하게 상기된 나를 보고는 더 묻지 않았다. 집에 돌아가는 대로 해결 방안이 되었든 원인이 되었든 이 답답한 상황을 개선할 만한 생산적인 고민을 해야 했다.

퇴근길도 심란하기 그지없었다. 맨 끝자리의 여유를 생각해 한쪽 선에 바짝 붙여 주차했는데 옆 사람이 주차선에 딱 맞게 차를 세워두었다. 안 그래도 주차장이 좁아 눈치 챙겨가며 주차해야 하는 곳인데 이렇게 융통성 없이 굴다니. 차간 거리는 한 사람이 겨우 옆으로 움직일 수 있을 정도였다.

몸을 한껏 구겨가며 운전석으로 올라타다 문에 엉덩이가 걸렸다. 평소라면 운전석을 향해 몸을 던졌겠지만 지금은 상황이 달랐다. 식은땀이 흐르고 문에 낀 엉덩이는 비상벨을 울려댔다. 심장이 엉덩이에 붙은 것 같았다. 여기서 조금만 더 움직이면 엉덩이를 지나 뿔이었다. 한 번에 들어가지 않는 이상 뿔에 큰 자극을 줄 것이 분명했다. 한 번, 딱 한 번에 들어가는 거다. 불안한 호흡을 가다듬으며 몸을 던졌다. 아니나 다를까 뿔이 걸리면서 찌릿한 통증이 뒤통수까지 빠르게 전해졌다. 지금까지의 통증은 전부 장난처럼 느껴질 정도였다. 한참 동안 운전대를 붙잡고 시동도 걸지 못한 채 가쁜 숨을 몰아쉬어야 했다.

겨우 시동을 걸었을 때 핸드폰이 정신없이 울렸다. 부드럽고 다정한 분위기의 말투와 웃는 표정의 이모티콘이 한참 쏟아졌다. 엄마가 이모에게 연락한 것이 분명했다. 이모는 쉴새없이 듣기 좋은 말을 늘어놓다가 길게 한마디 덧붙였다.

"마음의 문제가 몸으로 드러나는 것을 신체화라고 그러더라. 네가 기댈 곳이 없어 그래. 주말에 교회 한번 나와보지 않을래? 마음이 편해지면 몸에 나타난 문제도 사라질 거야. 교회에 나와 사람들과 어울리며 하나님을 만나면 도움이 될 게다."

문득 공회전을 오래 한 것 같다는 생각이 들어 그대로 핸드폰을 닫았다. 어차피 아주 매몰차게 이모의 메시지를 무시할 수 없다는 것도 알고 있었다. 언젠가 다시 핸드폰을 열고 정신이 없어 대답을 못 했다는 말로 얼버무리다 고민해보겠다고 말하고 안녕을 빌며 대화를 끝맺을 것이 분명했다. 지금은 그 말을 하고 싶지 않았고 욱신거리는 뿔과 함께 운전석에 오래 앉아 있고 싶지 않았다.

집에 도착해 주차하고 차에서 내리자마자 우영에게 전화를 걸었다. 우영은 엄마와는 달리 뿔이 났다는 말을 침착하게 들었다. 더러 몇 가지 질문을 하기는 했으나 모두 대답할 수 있을 만한 것이었다. 이미 병원에 다녀왔고, 초음파와 엑스레이에서 이상 소견은 발견되지 않았고, 상처 날 일도 없었고, 전날은 이상한 날이었고, 하루종일 울다가 웃기를 반복했고. 무엇보다 항상 아픈 것이 아니라 특정 자세로만 앉지 않으면 통증도 심하지 않았다. 우영은 앓는 소리를 두어 번 냈고 덩달아 나도 입을 다물었다. 잠시 생각하던 우영이 키보드를 두드리는 소리가 났다. 횡단보도의 흰 페인트를 밟는 데 열중하며 우영의 검색이 끝나기를 기다렸다.

"이러다 피노키오 코처럼 뿔이 자라면 어떻게 해? 조금씩 커지는 것 같기도 해. 나중에는 공룡 꼬리만큼 커지는 거 아니야?"

말도 안 되는 호들갑에도 우영은 침착하게 잠시만 하고 나를 달랬다. 우영이 같은 말을 네 번 정도 반복했을 때 아빠에게서 전화가 왔다. 우영에게는 아빠 전화를 받고 다시 걸겠노라고 말했다.

바쁘던 엄마와 달리 아빠의 차분한 목소리가 수화기 너머에서 울렸다. 엄마가 뿔 어쩌고 했다는 말을 꺼내는 아빠의 목소리는 호기심으로 가득했다. 조금 전까지 우영에게 했던 말을 그대로 반복했다. 처음에는 농담인가 싶어 장난을 반복하던 아빠의 대답이 눈에 띄게 느려졌다. 설명이 끝났을 때는 아빠 역시 앓는 소리를 내다 겨우 한마디 물었다.

"그러니까 그게…… 뼈 문제라는 거야?"

"모르겠다니까."

"걱정돼서 전화했는데 왜 나한테 화를 내? 어쩜 그렇게 네 생각만 해. 너 때문에 심란할 가족들 생각은 안 해? 안 그래도 요즘 결혼식이다 뭐다 정신없어 죽겠어. 다들 예민해 죽겠는데 어쩌지도 못하는 일로 사람을 신경쓰게 만들어."

나도 짜증이 났다. 아빠 말이 틀린 것은 아니었다. 그렇지만 몰라서 답답한 쪽은 나인데 나한테 캐물어 어쩌겠다는 것인지 알 수 없었다. 게다가 내 걱정하기도 바쁜 상황에 가족들 마음까지 살피기 바라는 건 욕심 아니야? 통화 음량을 최대한 작게 줄였다. 아빠가 다그치는 동안 혹시나 이것이 조선 왕들이 앓다가 죽었다는 종기인가 싶어 꾹꾹 눌러보기도 했다. 뿔은 여전히 아무런 반응이 없었다. 허리를 곧게 펴고 서 있기만 한다면 아무런 통증도 없었다.

아빠의 화는 이내 진정되었다. 나는 다시 통화 음량을 키우고 대화를 이어갔다. 사실상 아빠를 달래는 것에 가까웠다. 집에 거의 도착했을 무렵에야 아빠와의 통화가 겨우 끝이 났다. 현관문을 열고 집에 들어서자 우영에게 다시 전화하기 싫었다. 해야 할 일을 건너뛰고 그냥 침대에 쓰러져 눕고 싶었다. 아니다. 잘못 누우면 엉덩이가 아플지 모르니까 엎드려야겠지?

*

온 신경이 엉덩이에 집중되어 있는 탓에 하루하루가 너무 힘들었다. 혹시 누군가 걷고 있는 내 뒷모습을 보다 불쑥 튀어나온 뿔을 관찰하면 어쩌지 하는 생각에 바깥출입도 제대로 하지 못했다. 통이 넓은 바지를 여러 장 더 구매했고 골반을 덮는 상의도 손이 잘 닿는 곳에 꺼내두었다. 골반을 신경써서 걷느라 등과 어깨에도 덩달아 힘이 들어갔다. 숨 쉬는 일 다음으로 자연스러운 것이 걷는 일이었는데 이제는 아니게 되었다.

일과 내내 온몸에 힘을 주고 다니느라 여기저기 미미한 근육통에 시달릴 수밖에 없었다. 결국 별다른 일정도 없이 아까운 월차를 쓰고 말았지만 덕분에 늘어지게 늦잠을 잤다. 그러나 계속해서 울리는 전화에 더는 누워 있을 수 없었다. 찌뿌둥한 몸을 일으키기 위해 팔을 겨드랑이 사이에 집어넣고 기합소리를 냈다.

휴일의 늦잠을 깨운 것은 우영의 전화였다. 화면에 뜬 이름을 보고서야 곧 다시 연락하겠다고 말한 지 이 주나 지났음을 깨달았다. 그동안 쓸모 있는 진전은 없었고 나날이 뿔과 함께하는 생활에 익숙해지기만 할 뿐이었다. 전화를 받으며 돌아본 창밖으로는 해가 뉘엿뉘엿 넘어가고 있었다.

고등학교 동창인 우영은 우연을 믿지 않는 사람이었다. 세상에서 제일 싫어하는 말이 원래와 우연이었다. 원래 그런 것은 아무것도 없으며, 모든 일에는 원인이 있고 그로 인해 영향을 받은 결과가 있는 것이라고 믿었다. 그렇기 때문에 우연 같은 것은 없고 우연이라고 일컬어지는 모든 일은 원인을 알아채지 못한 것이라고 했다. 우영은 다시 한번 전날이나 근래에 넘어지거나 몸에 이상이 있었던 것이 아니냐고 물었다. 질문과 동시에 별일 없었다고 답했다. 먼저 대답을 해놓고 가만 지난날을 톺아보아도 마찬가지였다. 최근에 넘어진 일은 없었고 뿔이 나기 전날의 일이라고는 하루종일 웃다가 울거나, 울다가 웃은 일뿐이었다. 우영은 잠깐 말이 없었다. 불안함에 휩싸여 우영에게 다그치듯 물었다.

"그래서 진짜 꼬리가 자라면 어쩌냐는 말이야."

"글쎄…… 앉기 불편한 거 말고 힘든 일 있어?"

"딱히."

"매번 아픈 게 아니라는 거지? 무엇인지도 알 수 없고, 나아 질 수도 없고."

"그런 거 같아."

"그런데 해결할 수 없으면 적응하는 수밖에 없지 않아? 혹 시 누가 알아? 갑자기 생겼으니 갑자기 없어질지."

적응해야 한다는 말이 뇌리에 박혔다. 그래. 이 뿔은 원인을 알 수 없는 천재지변 같은 것이다. 그렇게 생각하니 마음이 한 결 편안해졌다. 우영은 몇 번 더 말을 고르다가 곧 도착한다며 전화를 끊었다.

곧이어 메시지 알림음이 울렸다. 우영은 늘 자신이 학창 시 절 교내 정보검색대회에서 우승한 실력자라고 거들먹거렸다. 그래서 걱정을 나누거나 무언가를 물으면 검색한 것들의 링크 를 보내주곤 했다. 도움이 될 만한 기사나 블로그 글 따위였다. 이번에 보낸 것은 인터넷 카페 링크였다. 카페 이름은 '울다가 웃으면 진짜 뿔이 난다'였다. 회원이 수십 명 정도 되는 카페에 는 비슷한 상황의 사람들이 모여 있는 것 같았다. 회원들의 경 험을 나누는 게시판 글이 가장 많았다. 대부분은 회원이 아니 라 볼 수 없었고 내용을 확인할 수 있는 글은 카페 주인이 쓴

공지 사항뿐이었다. 그동안 회원들과 나눈 이야기에서 나름대로 내용을 정리한 것이라는 서두로 시작했다. 회원 수는 적었지만 그래도 쓸 만한 정보를 건질 수 있을까 싶어 가슴이 두근거렸다. 형형색색으로 강조된 게시글은 한눈에 읽기 어려웠다. 어렸을 때 교과서도 이런 식으로 색칠했을 것이 분명하다고 생각했다. 아마도 성적이 좋지는 않았을 것이다. 고개를 흔들어 잡념을 털어냈다. 필요한 것은 뿔에 대한 정보지 카페 주인장의 학창 시절 성적이 아니었다. 집중해서 제목부터 찬찬히 읽기 시작했다.

지금까지 회원들에게 수집한 발병 원인. 뿔이 생기기 이전에 다음 사항 중 적어도 세 개 이상 해당되었음.
1. 웃다가 울어서
2. 울다가 웃어서
3. 스트레스
4. 폭음 및 흡연
5. 원래 아프던 곳

거창하게 꾸며놓은 것과 달리 실질적으로 도움될 만한 것은 아무것도 없어서 머리가 아플 지경이었다. 나도 모르게 숨을 내쉬며 이마를 짚었다. 허리를 구부리자마자 뿔에 통증이 느껴졌고 곧장 허리를 곧추세웠다. 무언가 도움을 받을 수 있을 것이라고 내심 기대했던 희망이 와르르 무너졌다. 다른 사람들의 게시글을 볼 수도 없으니 이곳에서 말하는 뿔이 나의 뿔과 같은지도 확신하기 어려웠다. 글 목록에서 작게나마 사진이 보이기는 했지만 크게 볼 수 없어 장담할 수 없었다. 혹이 난 것처럼 보이는 사람도 있었고 단순한 피부 발진처럼 보이는 사람도 있었다.

이후에도 나름대로 검색어를 바꾸어가며 정보를 찾았지만 모두 허탕이었다. 다른 게시물은 전부 속담에 관한 내용이거나 블로그 광고뿐이었다. 컴퓨터를 하는 내내 엉덩이가 뻐근해 자세를 잡기 위해 엉덩이를 여러 번 들썩였다. 그제야 처음으로 내가 골반을 한껏 뒤로 넘기고 구부정한 자세로 앉아 있다는 사실을 깨달았다. 골반이 뒤로 젖혀지고 어깨가 말릴수록 뿔로 전해지는 자극이 심해졌다. 결국 골반을 세우고 허리를 꼿꼿하게 펴는 자세를 유지할 수밖에 없었다. 그러다보니 양반다리도 할 수 없게 되었다. 골반을 똑바로 세워 바른자세로 앉는 통에 오금 사이에 끼워둔 발가락이 너무 조였기 때문이다. 그렇다고 발을 내려놓자니 바닥에 닿지 못하고 달랑거리는 것이 여간 불편한 것이 아니었다. 결국 모든 검색창을 닫고 발 받침대를 검색했다. 발 받침대를 찾아보다 뜬금없이 쇼핑을 실컷 했다. 이것저것 장바구니에 담아두기는 했으나 결국 산 것은 발 받침대뿐이었다.

본 정보는 많은데 실질적으로 도움되는 것은 없어 답답했다. 컴퓨터를 끄고 자리에서 일어났다. 차라리 서 있는 편이 나았다. 앉아 있는 시간이 길수록 더 자주 일어나야 했다. 때마침 초인종이 울렸다. 우영은 집에 들어서자마자 어깨를 잡아 휙 돌려세웠다.

"어디를 말하는 거야?"

"엉덩이 맨 위쪽에, 잘 봐봐."

"눌러봐도 돼?"

대답하기도 전에 우영이 손가락으로 엉덩이 여기저기를 찔러댔다.

"아니, 거긴 살이잖아. 엉덩이 말고 꼬리뼈 쪽이라니까."

"그럼 처음부터 꼬리뼈라고 했어야지."

벽을 보고 서 있는 동안 우영은 계속해서 엉덩이를 눌러대며 뿔을 찾았다.

"착각한 거 아니야? 육안으로 보이는 건 없는 거 같은데. 딱딱한 건 뼈 아니냐고."

"그니까 그게 없던 거라니까?"

"믿기지가 않네. 아무것도 없는 거 같은데."

"놀리러 왔냐?"

"당사자가 그렇다면 뭐 어쩔 수 없긴 한데…… 이건 뭐, 듣도 보도 못한 일이라…… 황당하네."

참나, 못 믿으면 어쩔 것인가. 내가 뿔 때문에 앉아 있지도 못하고 제대로 누워 잠들지도 못한다는데. 늘 자신만의 명쾌

한 생각을 말하던 우영이 짜증나기는 처음이었다. 식사라도 함께할까 싶었던 마음이 몽땅 달아났다. 잡상인 대하듯 우영을 내쫓아버렸다. 문이 닫히기 직전에 보였던 우영의 황당한 얼굴이 뇌리에 남았지만 금세 잊었다.

홧김에 연차를 썼다. 사무실에서 꼼짝도 못 하고 앉아 있는 것보다는 나았으나 집에서도 딱히 어쩔 도리가 없었다. 앉았다 일어서기를 수차례 반복하고 좁은 방을 빙글빙글 돌며 배회하다 신발을 신었다. 뿔을 어찌하지 못하는 것은 이미 받아들이기로 했다. 그러나 몸에 더이상의 문제가 생겨서는 안 될일이었다. 이제 할 수 있는 것은 그 밖의 다른 질병에 대한 공격적인 예방뿐이라는 결론을 냈다. 물리치료를 권하던 의사의 인중이 떠올랐다. 곧장 발걸음을 병원 쪽으로 옮겼다.

병원 건물에 들어서자마자 발걸음을 탁 멈추었다. 병원은 3층이었고 승강기가 없었다. 세상에 정형외과를 하면서 승강기도 없는 건물 3층에 병원을 내? 전에는 보이지 않던 것들이 보이자 황당했다. 계단을 오를 결심을 하고도 한참 동안 병원 입구를 흘끔거렸다. 누가 뒤따라 올라오면 어쩌지? 뿔 있는 곳을 만져보니 어제보다 더 부어오른 것 같았다. 뒤따르던 사람이 무심코 고개를 들었다가 시야에 걸린 내 뿔을 보면 무슨 생각을 할까? 심란한 걱정이 계속해서 꼬리를 물고 이어졌다. 한참 동안 입구로 들어서는 사람이 없는 것을 확인하고 나서야 계단으로 걸음을 옮겼다. 그래도 여전히 오지도 않은 뒷사람이 신경쓰여 뒷짐을 졌다. 며칠 사이 새로 생긴 습관 중 하나였다. 뒷짐을 지면 자연스레 등이 펴지기도 하고 엉덩이를 조금이나마 가릴 수 있었다. 다행히 올라오는 동안 뒤이어 계단을 오르는 사람은 없었다.

접수를 마치고 의자에 앉으려고 병원을 둘러본 순간 다시 한숨이 절로 나왔다. 나처럼 꼬리에 뿔이 난 사람에게는 최악의 의자였다. 뿔 때문에 집과 회사 의자에 두었던 푹신한 방석은 죄다 치워버린 지 오래였다. 푹신한 의자가 오히려 자세를 잡기가 어려웠고 그러다 뿔에 압력이 가해져 앉아 있는 데 더 고통스러웠다. 하지만 주변을 아무리 둘러보아도 딱딱한 의자는 하나도 없었다. 결국 조심스레 푹신한 의자에 앉는 쪽을 택했다.

엉덩이에 뿔이 나고 하지 못하는 것이 한 가지 더 있었다. 앉아서 핸드폰을 할 수 없었다. 허리를 곧게 세운 채 핸드폰을 보려면 목이 지나치게 꺾였다. 그렇다고 팔을 한껏 드는 것도 힘들었기 때문에 앉아 있을 때면 멍하니 허공을 바라보는 쪽을 택했다. 처음에는 핸드폰 없이 무언가를 기다리려니 신기했다. 그러나 사람은 역시 적응의 동물. 특별히 하는 것 없이 기다리는 일에도 차츰 익숙해졌다. 벽지와 타일의 무늬를 구경했고 대기 공간에 비치된 디스플레이에 나오는 광고를 세 번쯤 보고 나니 누군가 이름을 불렀다. 잠시 진료실에서 의사와 대화를 나눈 뒤 치료실로 향했다.

"오랜만이에요. 전기 어디에 할까요? 아래쪽 허리?"

오랜만에 받는 물리치료였다. 그를 언제 마지막으로 만났는지 기억을 되짚어보았지만 떠오르지 않았다. 대꾸 없이 안내받은 침대에 누워 아픈 곳을 더듬거렸다. 그러다가 잠시 손이 갈 곳을 잃었는데 자극받은 뿔이 욱신거리는 것 말고는 특별히 아픈 곳이 없는 탓이었다. 최근 들어 아침에 일어나는 것이 힘들지도 않았고 등이 저리며 쏟아지는 듯한 기분도 거의 들지 않았다. 결국 허리 부근을 더듬거렸다. 다들 말하는 것처럼 뿔이 아니라 단순히 근육이 놀란 것이라면 주변을 풀어주면 될지도 몰랐다.

"따로 운동이라도 하세요?"

"아뇨. 따로 하는 건 없는데."

"특이하네. 젊어서 그런가? 지난번만 해도 오른쪽 등이 조금 튀어나와 있었거든요. 이러면 아침에 훨씬 더 편하실 것 같은데?"

뜨뜻미지근하게 웃었다. 그동안 바뀐 것이라고는 내 엉덩이에 뿔이 생겼다는 사실밖에 없었다. 확실히 근래에 등이 아파서 일어난 기억이 없었다. 무엇보다 뿔 때문에 앉는 자세가 바뀌기는 했다. 오래 앉았다 싶으면 엉덩이가 저려와 틈틈이 일어났고 앉아 있는 시간보다 서 있는 시간이 늘어났다. 행여 앉더라도 뿔에 자극을 주지 않기 위한 자세를 연구해왔다. 대기실에서도 꼿꼿하게 앉아 기다림의 시간을 견뎠으니까. 진짜 뿔 덕분에 자세 교정이 되었다고? 어이가 없어 웃음이 났다.

치료가 끝나고 병원을 나서는 발걸음이 경쾌했다. 여전히 뒷짐을 지고 걸었지만 펼쳐진 가슴이 개운하게 느껴졌다. 별 것도 아닌데 괜히 기분이 좋았다. 월차도 썼겠다, 집 밖도 나섰 겠다. 이참에 나들이를 다녀오기로 했다. 차에 시동을 걸고 길 을 검색하지도 않은 채 목적지를 향해 달렸다.

지금은 기억나지도 않는 걱정이 있었을 때 무작정 버스를 타고 어디론가 향했다. 그러다 어느 날 내린 곳이 미륵사지였 다. 텅 빈 버스에 앉아 있으면 계속해서 다른 세계로 도망가는 것 같았다. 종래에는 보수한 탑 말곤 아무것도 남아 있지 않은 절터에 도착했고 오래도록 벤치에 앉아 녹음이 가득한 들판을 바라보았다. 거대한 들판에 세워진 사찰과 북적이는 사람들 을 상상하다 시원한 바람이 불면 꾸벅꾸벅 졸기도 했다. 그러 다 시간을 확인하면 해가 지기도 전에 떠나는 막차시간에 쫓 겨 허겁지겁 엉덩이를 털고 일어나야 했다. 막차를 놓칠까 조 바심치는 사이 이고 지고 온 걱정은 대부분 쓸모없는 것이 되 었다. 한때는 번성했지만 지금은 아무것도 남지 않은 거대한 미륵사 터를 보면서 해결할 수 없는 걱정은 그만두자고 다짐 했다.

언젠가부터 미륵사지까지 가서 시간을 보내는 일이 번거롭 게 느껴졌다. 그럴 만한 시간도 잘 나지 않았고 전주로 이사하고 나서는 완전히 잊고 있던 공간이었다. 그러니 전주에서 곧장 가는 길을 알 리 없었다. 내비게이션에서 최적의 경로를 찾는 대신 부러 먼 길을 돌아 익산 시내에서 다시 미륵사지까지 가는 길을 따라 달렸다. 그래 보았자 시내에서 버스를 타고 들어가는 시간과 별반 다르지 않을 것이 분명했다.

버스가 다니던 길은 그대로 기억하고 있었다. 그러나 버스에 실려가며 본 길과 운전하며 보는 길은 전혀 달랐다. 도로 위에 죽은 야생동물을 보며 한참 심란했고 뒷좌석에 앉아 기억하던 길은 많이 변해 있어 두어 번 같은 자리를 돌았다. 대형 프랜차이즈 가게가 읍내까지 들어와 풍경 해치는 것을 잠시 못마땅해했다가 이 동네에 사는 사람들을 떠올리며 고개를 저었다. 달랑 벤치 하나와 삭은 표지판 아래서 오랫동안 버스를 기다린 것 같은 어르신을 지나쳐왔고 흙을 싣고 가는 차 뒤를 따르느라 기껏 한 세차가 무용지물이 되었다.

미륵사지에 도착했을 때 해는 이미 넘어가고 없었다. 미륵사지에 오면 늘 해가 중천에 떠 있었는데. 이렇게 늦은 시간에 도착한 것은 처음인지라 모든 풍경이 낯설었다. 해가 자취를 감추고 어둠이 깔리자 들판에는 아무도 남지 않았다. 전과는 전혀 다른 분위기였지만 하던 대로 벤치에 앉았다. 이제는 뿔을 자극하지 않도록 앉는 법에 완전히 익숙해졌다. 다리에 힘을 주고 천천히 바르게 앉았다. 편안히 등을 기댈 수도 없었고 다리를 꼬고 앉을 수도 없었다. 등과 허리를 꼿꼿하게 세운 채 텅 빈 들판을 구석구석 훑어보았다. 멍하니 들판을 구경하다보면 산만한 잡념들은 곧 사라질 테니까. 하지만 앉은 자세를 신경쓰느라 도통 생각을 비울 수가 없었다. 뼈이니 이직이니 하는 걱정을 내려놓고 도망칠 수도 없었다. 막차시간을 걱정할 필요가 없는 탓일지도 몰랐다. 결국 머지않아 자리를 털고 일어나 차로 돌아왔다. 이전처럼 걱정을 덜어내고 있는 것도 아니었고 개운한 바람을 맞으며 한가하게 시간을 보낼 수도 없었다. 그저 한층 더 산만해지기만 할 뿐이었다. 가만히 앉아 정돈하고 싶었는데 예전의 방법은 이제 쓸모가 없어졌다. 괜히 이 저녁에 나와 산모기에 물린 팔뚝만 벅벅 긁었다.

집에 돌아오는 길에는 할머니에게 한참 잔소리를 들었다. 며칠 사이에 엄마는 잘 알지도 못하던 뼈와 뿔의 문제에 대해 대단한 자신감이 생긴 상태였다. 그것을 그대로 할머니에게 전한 모양이었다. 할머니는 녹용을 보냈다며 잔소리를 끊임없이 덧붙였다. 처음에는 바르지 못한 자세 때문이라고 했고, 나쁜 식습관 때문이라고 했다가, 불규칙한 수면도 잘못이라고 했다. 그러다 어린 시절까지 거슬러올라가기에 이르렀다. 어릴 때 공부를 더 시켜서 훨씬 좋은 대학에 보냈어야 편한 직장에 다닐 수 있었을 것이라며 한탄했다. 자식 농사 잘못했다는 할머니의 말이 가리키는 곳에 내가 있는 것인지, 엄마가 있는 것인지 알 수 없었다. 결국 본심을 꺼내 자신의 딸 흉을 보다가, 또 그 시절에는 다 그렇게 키웠다며 말끝을 얼버무렸다. 참지 못하고 지금 말하는 사람이 나인지, 엄마인지 물을 뻔했다. 그럴 때마다 틈틈이 삼촌이 끼어들어 계속해서 같은 질문을 했다. 그래서 뼈가 문제라는 거야? 반복되는 질문에도 성실하게 아니라고 대답했다. 삼촌이 질문을 던지고 사라지면 금세 할머니가 돌아와 전화를 이어받았다. 그러면 순식간에 이야기의 주제는 사방으로 튀기 시작했다. 어깨가 아픈 것이 도통 낫질 않는다고 했다가, 오늘 매실청을 담갔으니 다음주에 와서 챙겨가라고 했다.

아무도 없는 도로를 달리면서 할머니의 말을 가만히 듣고 있다가 내가 산만한 것은 역시 산만한 할머니와 엄마 때문인 것 같다는 결론을 내렸다. 한참을 더 제철 음식과 체질에 관해 설명하던 할머니는 갑자기 전화를 끊었다. 졸음이 몰려오고 있는데 지금 잠을 놓치면 새벽 내내 잠들 수 없다는 이유였다. 전화를 끊고 그동안은 전혀 느끼지 못한 감정에 휩싸였다. 걱정을 토로하면 고민과 문제를 해결할 수 있을 것 같았지만 정작 아무도 도움이 될 만한 이야기를 해주지 않았다. 결국 나에게 남은 것은 할머니, 이모, 삼촌, 아빠의 걱정이었다.

통화가 끊긴 차 안은 적막에 잠겼다. 이제는 방법을 바꾸어야 한다는 생각에 강하게 사로잡혔다. 공격적인 예방. 그런 것을 해야 한다. 빈 들판을 바라보아도 새로운 다짐이 떠오르지 않았고 여러 사람에게 의견을 물어도 해결되는 것은 없었다. 누구에게 무어라 물어볼지 고민하느라 정작 중요한 것들을 생각하지 못했다. 그럼 어떻게 해야 할까.

내가 그렇게 하기로 하면 된다. 엉덩이에 힘을 바짝 주었다. 종일 허리를 펴고 앉았다고 등에 힘이 생긴 것 같았다. 무엇인지도 모르겠고 당장 없앨 수도 없다면 일단 이 뿔과 사는 방법을 먼저 터득하면 될 일이다. 할 수 있는 일을 하면 되는 것이다. 그다음에는 하고 싶은 일을 하면 되는 것이고 잘못되었다면 품을 들여 바로잡으면 될 일이다. 한결 마음이 편해졌다. 그렇게 스스로 경험을 쌓아나가면 되는 일이다. 경험치를 쌓는 일은 혼자서 무모한 결정을 내리는 것과는 분명히 다른 일이다. 한참을 어둡고 텅 빈 도로를 달리다 시내로 진입했다.

이대로 집에 돌아가면 이전과 다르게 살아야겠다고 생각했지만 구체적으로 어떻게 하면 좋을지 마땅한 계획은 없었다. 오랜 시간 운전한 탓에 슬슬 엉덩이가 욱신거렸고 이직에 대한 고민은 시작조차 하지 못했다. 엉덩이의 뿔은 하루아침에 없어지지 않을 테고 내일도 저녁 메뉴를 고민하다 끝내 누군가에게 추천을 받을지도 몰랐다.

신호에 걸려 차의 속도를 줄였다. 주변의 빛이라고는 붉은 신호등뿐이어서 차량 내부가 붉게 물들었다. 머지않아 신호가 노란색 점멸등으로 바뀌었다. 늦은 밤 통행량이 적은 도로에서는 종종 있는 일이었다. 이제부터는 운전자의 판단에 따라 주행하면 되었다. 불현듯 우영과 낮에 한 대화가 떠올랐다. 바꿀 수 있는 것은 고민하고 바꿀 수 없는 것은 적응하면 그만이었다. 다만 엉덩이에 뿔 하나가 생겼을 뿐이었다. 계속해서 빨간불은 어느 때에 초록불이 되고, 또 어느 때에는 노란색 점멸등으로 바뀔 터였다. 양쪽 도로에서 차가 오지 않는 것을 확인하고 브레이크에서 발을 떼었다.

그런 일이 있었다

고모부가 죽었다. 장례식은 조용하고 한적했다. 고모부가 성실한 직장인이었던 것치고는 문상객이 적었다. 그나마도 찾아온 사람들은 조문을 마치고 식사를 하는 둥 마는 둥 하다 황급히 자리를 떠났다. 고모는 손님들이 조문하러 오면 잠시 일어났다 인사를 나누고 다시 주저앉기를 반복했다. 누가 보아도 체구는 작지만 강단 있어 보이는 고모는 눈물을 흘리지 않았다. 장례가 너무 늦게 치러진 탓이었다. 아마도 여러 번 울었을 테고 소리치는 밤을 보냈을 것이다. H는 이런 소식을 건너들었기 때문에 그사이의 모든 일을 지레짐작할 뿐이었다. 고모부와 특별히 친밀하지도 않았고 긴히 나눈 추억도 없었다. 데면데면한 사이인데다 명절에도 거의 본 적이 없었다. H와 부모가 외가로 떠나고 나서야 고모와 고모부가 할머니집에 도착했기 때문에 어쩌다 스치며 어색한 인사를 나눈 것이 전부였다. 그마저도 할머니가 돌아가시고 난 뒤에는 명절도 각자 보냈기 때문에 얼굴 보기가 더 힘들어졌다. 그런 탓에 H는 거의 남이나 다름없는 고모부의 장례식이 따분하기 그지없었다.

지루한 시간 사이에서 그나마 H를 긴장하게 만든 것은 그의 아빠가 남기고 간 숙제 때문이었다. 화물을 운송하는 H의 아빠는 내일이나 되어야 장례식장에 도착할 수 있었다. 이곳에서 H가 할일은 고모와 엄마가 단둘이 대화하지 못하도록 하는 것이었다. H의 고모와 엄마는 서로 싫어하고 미워했다. 이런 상황에서 구태의연한 과거를 염두에 두는 것이 이상하다는 생각조차 하지 못할 만큼 두 사람의 앙금은 깊었다. 사실 가족 중에 고모를 좋아하는 사람은 아무도 없었다.

침묵이 흐르던 장례식장에 한 무리의 시끄러운 사람들이 몰려왔다. 고모와 고모부가 살고 있는 마을의 주민들이었다. 저마다 고모의 손을 붙잡고 몇 마디씩 나누었고 이전의 조문객과 달리 각각 자리에 앉아 오래도록 떠들었다. 고모의 자식들과 다른 친척들이 오기 전까지 H가 남아 손을 보태기로 했다. H의 엄마는 잠시 집에 들르러 자리를 비웠다.

불현듯 허기를 느낀 H는 국을 한 그릇 덜어 마을 사람들 옆에 앉았다. 국에서는 비릿한 소고기 냄새가 진동했다. 곧장 오른손을 들어 밥과 국을 떠먹는 대신 왼손을 뻗어 분홍색 떡을 하나 집어먹었다. 꿀떡에서도 국에서 나는 냄새가 났다. 그도 그럴 것이 한켠에서 육개장을 내내 데우고 있는 통에 어느 한 곳 빨간 기름냄새가 나지 않는 곳이 없었다. H는 굳어가는 떡을 씹으며 옷깃을 코에 가져다 댔다. 옷에 냄새가 밴 것인지 섞인 것인지 도통 알 수 없었다. 빨갛게 물든 플라스틱 숟가락을 연신 입에 밀어넣던 사람들은 이내 술을 한 잔씩 걸치기 시작했다. 여러 겹으로 깔아둔 비닐 식탁보와 일회용 식기들, 종이컵이 내는 소리는 식사중이라고 보기 어려울 만큼 고요했다. 고요함이 무색하게 식사가 진행될수록 식탁은 점점 더 난잡해졌다. 사람들이 입술에 힘을 주어 뺀 숟가락에는 주황색 기름이 그대로 남아 식탁 위에 지저분하게 그 흔적을 남겼다. 사람들은 더러워진 일회용 숟가락으로 다른 음식을 헤집고 싶어하지 않았다. 그래서 언제든 옆으로 밀어두고 새 숟가락의 포장을 뜯었다. 반찬을 더 가져올 때도 마찬가지였다. 쓰던 그릇 위에 새로 가져온 종이 접시를 켜켜이 쌓았다. 종이접시와 숟가락, 젓가락은 쓰기 쉬운 만큼 쉬이 버려졌다. H는 빠르게 없어지는 반찬들을 지켜보다 자리에서 일어났다. 아직 밥과 국은 먹지 않았다. 여전히 허기졌지만 손이 가지 않았다.

빈 그릇을 들고 음식이 있는 곳에서 반찬을 담고 있을 때였다. 새 반찬 접시를 여러 개 들고 곁에 선 사람은 우르르 몰려온 마을 사람 중 하나였다. 유행이 한참 지난 뿔테 안경을 쓴 중년 여성이었다. 이름은 알지 못했지만 얼굴과 목소리는 익히 알고 있었다. 고모가 사는 마을의 부녀회장이었고 고모는 그를 퍽 싫어했다. 온 동네를 휘젓고 다니는 소식통이었는데 그에 대한 이 평가는 호의적인 편이었다. 고모가 고모부와 다시 고향 동네로 돌아갔을 때 가장 많이 괴롭힌 사람이었다. H는 흘끗 돌아보다 다시 반찬을 담는 데 집중했다. 손이 모자란 부녀회장은 이내 H에게 손짓하며 일을 시켰다. 이것도, 저것도, 아 저쪽에 저것도. 그러더니 불쑥 말을 건넸다.

"그거 알아요? 우리 마을은 꼭 줄초상이 나. 이 집 아저씨가 죽었으니까 또 누가 죽을 거야."

방정맞은 혓바닥으로 말로 빚을 지는 여자라고 비난하던 고모 얼굴이 떠올랐다. 과연 그렇구나. H는 대꾸하지 않고 고개를 끄덕였다. 고모 말에 동의한다는 의미에서였다.

"그것 때문에 마을 사람들 걱정이 이만저만이 아니에요. 요즘엔 집집마다 아픈 어르신들도 있고. 심란해 죽겠다니까. 한동안 누가 안 죽는다 했어."

끄덕임을 오해한 것이 확실했다. 이럴 때일수록 간 사람을 잘 보내주어야 탈이 안 나는 법이라며 그는 묻지도 않은 이야기를 시작했다. 내가 아는 첫번째 줄초상을 말해줄까요?

마을회관에서 가장 먼 곳에 있는 집에는 농사짓는 아버지와 딸 하나, 아들 하나가 살았다. 그 집에 살던 아들이 고모와 동창이었는지, H의 아빠와 동창이었는지는 확실하지 않았다. 다만 확실한 것은 아빠와 고모들보다 그 집 딸이 나이가 더 많다는 사실뿐이었다. 동네의 모든 아이는 그 집의 누나를 몹시

따랐다. 아주 예쁜데다 그 집에 들르기만 하면 맛있는 간식을 조금씩 내어주었기 때문이다. 그래서 한동안은 그 집 앞이 동네 아이들의 축구장이었다고 했다. 좁은 시골길인데다 양옆이 농수로인지라 공이 어디로 떨어져도 멀리 가지 못한 까닭이었다. 아이들은 해가 질 때까지, 부모가 자신들을 찾기 전까지 축구를 하며 그 집에서 놀았고 종종 간식을 얻어먹었다. 그 집 누나가 서울 방직공장에 취직하기 전까지 말이다. 그즈음 큰딸은 살림 밑천, 사람이 나면 서울로, 말이 나면 제주로 보내야 한다는 말이 계속해서 동네 사람들 입에 오르내렸다. 서울로 갈 계획이 없던 그 집 누나는 결국 서울행을 결심했다.

이후 공을 점점 더 세게 차기 시작한 아이들은 자꾸만 농수로 너머로 공을 빠뜨렸고 누나가 없는 집에서는 간식을 얻어먹는 일도 희박해졌다. 늘 아이들로 북적거리던 좁은 외길은 차츰 그 집에 드나드는 사람만 지나다니게 되었다.

명절을 앞둔 어느 날 비가 무척 많이 왔다. 막바지 추수를 하던 그 집 아버지가 귀갓길에 좁은 길을 돌다 농수로에 빠졌다. 그런데 너무 오랫동안 사람이 지나가지 않아서 결국 죽은 채로 발견되었다. 사람들은 어린 남매만 남은 집이 안타깝다고 동정했다. 동시에 그 집 아들이 학교에서 공부를 제일 잘하고 있으니 앞으로 잘 살아가면 된다며 다독였다. 그러나 그 집 누나는 아버지의 장례식 동안 집에 오지 않았다. 연락도 되지 않아 친척들이 와서 장례식을 마무리했다. 그러기를 몇 주, 집에 홀로 남은 아들에게 전해진 소식은 누나의 병사 소식이었다. 그때는 서울로 올라가 일하던 사람들이 이런저런 병에 걸려 죽는 일이 흔했다며 부녀회장은 사설을 덧붙였다. 일할 사람이 차고 넘치니 사람 하나 자리 비우는 것쯤은 별일 아닌 시대였으니까. 요즘은 그러면 큰일나지 않나? H는 부녀회장의 물음에 긍정도, 부정도 하지 못했다.

누나의 죽음은 같이 일하던 동료의 편지가 뒤늦게 전달되며 알려졌는데 그뒤로 혼자 남은 아들은 어떻게 되었는지 아는 사람이 없다고 했다. 누구는 어느 친척집으로 갔다고 했고, 누구는 학업을 그만두고 숙식이 제공되는 공장에 취직했다고 말하는 통에 무엇이 진짜인지는 알 도리가 없다고 했다. 일찍 아내를 여의고도 그 집 아저씨며 남매가 참 착하고 열심히 사는 사람들이었는데 운이 나빴다며 혀를 찼다. 어쨌든 이상하게도 이 집에 그런 일이 있은 뒤로 마을에 사람이 죽으면 꼭 줄초상이 난다며 몸을 떨었다.

"애한테 못 하는 소리가 없어. 쓸데없이."

조문객이 뜸해지자 마을 사람들과 인사를 나누려고 나왔던 고모가 부녀회장을 타박했다. 부녀회장은 음식을 덜어놓은 접시를 서너 겹으로 겹쳐 집은 뒤 자리를 피했다. 고모는 헝클어진 머리를 연신 매만지며 H를 떠밀었다.

"답답할 테니 나가서 바람 좀 쐬다 와. 여긴 저 사람들이 봐줄 거야."

*

밖으로 나와서야 진동하던 육개장 냄새가 가신 것 같았다.
H는 주변을 둘러보며 걸을 만한 곳을 찾았다. 장례식장 주변
은 간판을 제외하고 아무것도 없는 외길이었다. 도로를 따라
걸으며 잠시 동안 바람을 맞으려 했지만 여의치 않았다. 이르
게 생긴 산모기가 계속해서 달려들었다. 산모기를 피해 걸음
을 재촉하던 H는 결국 느리게 뛰기 시작했다. 얼굴에 부딪히
는 것이 나른한 봄바람인지, 산모기나 날파리 따위인지 분간
하기 힘들었다. 팔다리 서너 군데가 따가움에 가깝도록 간지
러웠다. 유독 오른손 검지와 중지 사이가 거슬렸는데 손가락
안쪽을 문 모양인지 뼛속까지 저린 느낌이었다. H는 고개를
흔들었다. 여기저기 간지러우니 그렇게 느끼는 걸 거야. 머리
를 좌우로 흔들며 달렸다. 그저 산모기가 득실거리는 소굴에
서 벗어나고 싶었다. 장례식장에서 멀어지는 내내 부녀회장이
했던 이야기가 H의 머릿속에 맴돌았다. 그러다가 간지러운 팔
다리를 한 번씩 찰싹 내리쳤다. 그렇게 무작정 달리다보니 외
길 끝에 차가 쌩쌩 달리는 4차선 도로가 나왔다. H는 다시 장
례식장 방향으로 몸을 틀었다. 어두운 공간에서 불쑥 빛이
나타났다. H의 핸드폰이었다.

"이제 다시 가는데, 뭐 필요한 거 없니?"

"아냐. 애들 오면 나도 갈 거야. 엄마 오지 마."

"이미 출발했어. 올 때 같이 오면 되지. 근데 왜 이렇게 시끄

러워? 밖이야?"

잠시 걸으려고 밖에 나왔다고 대답했다.

"거기 어둡고 차가 쌩쌩 다녀서 위험해. 바람 쐴 거면 주차
장에나 있어."

H는 자기도 모르게 불쑥 묻고 말았다. 마을의 줄초상에 대
해서. 엄마도 그 마을에서 나고 자랐으니까 혹시 아는 것이 있
을지도 모른다고 생각했기 때문이다. 그냥 말 옮기기 좋아하
는 부녀회장이 쓸데없는 소문을 만들어내는 것이라고 확신하
면서도 궁금했다. 누가 어떻게 죽었는데? 누가 죽으면 덩달아
사람이 죽는다고? 그런 일이 있었다는 사실이 전혀 믿기지 않
았지만 동시에 설명할 수 없는 호기심을 자극했다. 우연이거
나 허풍이라고 생각하면서도 그 나머지 이야기를 확인하고 싶
었다.

"누가 그러디? 그 여자지? 외지에서 왔으면서 못 하는 소리
가 없어."

H의 엄마는 시집온 지 40년이 지난 부녀회장을 항상 외지
인이라고 불렀다. 남 이야기 떠들기 좋아하는 떠버리라며
젊잖고 조용한 마을에 어울리지 않는 여자라고 덧붙이기까
지 했다. 40년을 살았는데 그는 왜 아직도 외지인이라고 불
릴까. H는 모두에게 미움받는 부녀회장 편을 들고 싶을 때
도 있었다. 하지만 그럴 때마다 H는 말을 하려다 말았다. 언
제나 엄마는 소문의 출처로 부녀회장을 지목했는데, 8할은

그녀가 맞았기 때문이다.

수화기는 잠시 침묵에 휩싸였다. H의 엄마가 입을 뗐다. 헛소리 말라는 면박을 기대한 H는 사뭇 엄숙한 엄마의 말투에 긴장했다.

"그런 일이 몇 번 있었지. 막냇동생 대학 보낸다고 위에 형과 누나가 같이 반도체 공장을 갔다가 나란히 병을 얻어 죽은 일도 있었고. 어느 집 아저씨는 기계에 손이 잘리고 술만 마시다가 죽었지. 얼마 안 되어서 그 집 아줌마도 죽었어. 어쩌다 죽었더라. 어디 회사 구내식당에서 일했던 것 같은데. 혼자 애들 키운다고 악착같았어. 폐암이라고 했던가…… 오래되어서 기억도 안 난다. 이제와 이런 이야기 해서 뭐 하니. 좋은 이야기도 아니고."

다시 뜸을 들이던 H의 엄마는 곧 도착한다는 말을 남기고 어영부영 전화를 끊었다.

좁은 도로 끝에서 돌아가기 위에 주변을 살폈다. 큰 도로와 합류하는 지점에서 장례식장으로 차 한 대가 들어섰다. 좁고 어두웠던 길이 일순간 환해졌다. 눈이 부셨고 손을 들어 빛을 가리려고 애썼지만 자꾸만 빛이 새어들었다. 하얀 천장과 지나치게 밝은 형광등과 웅성대는 소음이 귓가에 울려퍼졌다. H씨 괜찮아요? 아니, 글쎄. 내가 시킨 일이 아니라니까 그러네. H씨 일이 포장이 아니라니까? 자기 혼자 무리한 게 왜 내

책임이야. 들릴 리 없는 음성이 귓가에 웅웅댔다. 핸드폰을 내려 잡고 장례식장 방향으로 뛰었다. 자꾸만 길 바깥쪽으로 발이 빠졌다. 걸음을 멈추고 눈을 꼭 감았다. 들릴 리 없는 목소리였다. 눈이 부셔서 잠깐 어지러운 거야. H는 계속해서 같은 말을 되뇌었다.

눈을 감았는데도 앞이 보이는 것 같았다. 차량의 불빛이 꼭 감은 눈꺼풀의 어둠 속에서 이리저리 뒤틀렸다. 엄청나게 크고 통통한 오각형이 되었다가 일순간 쪼그라들었다. 종래에는 입체적이었던 모양이 선으로만 남게 되었는데 앙상하게 마른 손가락 같은 것이 되어 너울너울 움직이기 시작했다. H는 예전에 어느 영화에서 본 장면이 떠올랐다. 어두운 길 가로등 아래서 인물들이 손가락 관절을 부드럽게 움직이며 대화하는 장면이었다. 정확한 대사는 기억나지 않았다. "한 손가락, 한 손가락 움직여. 아무것도 못 할 것 같은데 손가락은 움직일 수 있어."(영화 〈벌새〉) 눈꺼풀 속 형체는 그저 좌우로 너울거릴 뿐 관절이 없는 것처럼 보였다. 형체는 다시 부풀며 두꺼워지다가 시야에서 점점 사라졌다. 손가락도 마음껏 움직일 수 없다면 어떡하나. 그런 사람은 어째야 하나.

H는 누군가 부르는 소리에 눈을 떴다. 길가에 아무렇게나 차를 세워 빛나는 후미등 때문에 주변이 붉게 물들어 있었다. 아빠의 다른 여동생이었다. 형제 중 유독 체격이 큰 둘째 고모가 H를 내려다보았다. 둘째 고모는 항상 눈을 부릅뜨는 경향

이 있었는데 키까지 큰 탓에 항상 위압적인 분위기를 풍겼다. 그럴 때마다 H는 자신도 모르게 어깨가 움츠러들었다.

"거기서 뭐 하고 있어. 괜찮니?"

H는 괜찮았다. 대체로 괜찮은 편이었다. 늘 그렇게 말하고 생각했다. 먼저 말을 하고 나면 생각은 따라오기 마련이었다. 둘째 고모에게 짐짓 반가운 척 인사하려다 힘없는 장례식장 간판이 눈에 들어왔다. 겨우 오셨어요 하고 대꾸했다. 둘째 고모는 다시 운전석으로 돌아가 차를 움직였고 H는 동승을 거절하고 붉은 등을 따라 걸었다. 빛은 계속해서 멀어지다 코너로 들어서며 밟은 브레이크 때문에 한 번 울컥하고 요동쳤다. 이내 길은 다시 어둠에 휩싸였고 잊고 있던 산모기가 생각나 다시 손가락 사이가 간지러웠다. H는 손을 두어 번 털고 장례식장 방향으로 뛰었다.

*

둘째 고모의 문상으로 소란스럽던 장례식장은 예의 고요를 되찾았다. 해묵은 감정은 덮어두고 두 사람은 서로를 토닥였다. 빈소에서 대화를 나누던 첫째 고모가 주저앉자 둘째 고모가 포옹했다. 크고 마른 둘째 고모가 작고 다부진 첫째 고모를 안고 있는 모습이 낯설었다. 무엇보다 두 사람이 자매라고는 믿기지 않을 만큼 닮지 않은 탓에 실은 두 사람이 친자매가 아니라서 그렇게 싸워대나 하는 생각을 하기도 했다. 드문드문

들어오는 조문객들에게 음식을 나르며 두 사람을 계속해서 주시했다. 엄마와 고모를 부딪치게 하지 않는 것만큼이나 첫째 고모와 둘째 고모를 마주하지 않도록 하는 것도 중요했다. 장례식장에서까지 그런 걱정을 해야 해? 머릿속에 스친 물음에 H는 코웃음쳤다. 이 가족의 싸움에 알맞은 장소와 시간 같은 것은 없었다. 일단 불꽃이 튀면 시작되었다. 충돌이 발생하면 그 싸움은 쉽게 끝맺지 못하기 때문에 애초에 시작할 수 없도록 잘 지켜보는 것이 중요했다. 무엇보다 체급 차가 나는 다윗과 골리앗의 싸움은 지저분하기 마련이었다. 그러나 다윗과 골리앗의 싸움 같은 교훈도, 감동도 없었다. 모두가 짐작하듯 다윗이 골리앗을 물리치는 이야기도 아니었고 이 싸움에서 이긴다 한들 얻는 것도 없었다. 승리의 기쁨도 영광도 없는, 성취 없는 싸움이었다.

조문객들에게 음식을 내려놓으면서도 H의 눈과 귀는 계속해서 상주 방을 향해 있었다. 반쯤 닫힌 상주 방에서는 아무런 소리도 나지 않았지만 혹시나 싶어 작은 낌새도 놓치지 않으려고 애썼다. 밤이 이슥해졌기 때문에 조문객은 더이상 오지 않을 듯했다. H는 쟁반을 제자리에 두고 상주 방으로 들어가 보아야겠다고 생각했다. 별안간 쟁반을 들던 H의 손을 누군가가 덥석 잡았다.

"어머, 이게 왜 이래. 어쩌다가……."

H는 재빨리 손을 빼려다 쟁반을 건드렸다. 힘을 받은 쟁

반이 순식간에 H를 덮쳤다. 벌러덩 넘어진 H가 눈을 끔벅이며 천장을 응시했다. 오래된 십자 모양의 형광등이 환하게 빛을 발하고 있었다. 전에 다니던 회사의 형광등도 저렇게 생겼었는데. H가 코에 얼얼함을 느끼며 몸을 일으켰다. 탁자에 앉아 있던 사람들이 다 들리게 수군대는 말을 들었다. 귓속말인 척했지만 사실은 들으라고 하는 이야기였다. 그러게 왜 남의…… 저기를…… 어? 미안해서 어쩐다. 아까 길에서 보았던 불빛이 코로 옮겨간 것 같았다. 통증은 커졌다가 약해졌다를 반복하면서 얼굴 여기저기로 퍼졌다. H는 몸을 일으키고 괜찮다고 말하며 자리를 떴다. 쟁반에 코를 찧으면서 육개장 기름이 묻은 것 같았다. 코에서 자꾸만 비릿한 기름냄새가 났다. 쟁반을 제자리에 가져다놓기가 무섭게 상주 방에서 큰 소리가 들렸다. 무언가 벽에 강하게 부딪히는 소리였다. 잰걸음으로 상주 방 앞에 다다르자 두 사람이 낮고 강하게 다투는 소리가 들렸다. 상주 방 바닥에는 빈 생수통 하나가 나뒹굴고 있었다.

"네 아들이 죽어서 지금 줄초상 난 거 아니야."

"말도 안 되는 소리 하지 말랬지."

언젠가 H는 돌아가신 외할머니와 WWE 경기를 보고 있었다. 엄마는 저런 경기를 왜 보느냐며 몸서리쳤지만 리모컨은 할머니 것이었으므로 화면은 늘 같은 채널에 고정되어 있었다. 계속해서 사람들이 나왔다. 끊임없이 서로를 노려보고, 소리치고, 쓰러졌다. 그러고 나면 다시 또 누군가가 나와 그 자리를 채웠다. 저놈이 강해. 할머니는 몇몇 선수를 가리키며 신이 난 목소리로 말했다. 하지만 아무리 강한 선수라고 한들 시간이 지나면 지쳐 나가떨어졌다. 이긴 선수가 계속해서 다음 선수와 싸워야 하는 방식 때문이었는데 게임 진행이 이상하다고 생각했다. 강한 것은 아무짝에도 쓸모없다고 느껴졌으니까. 결국 계속해서 두들겨맞다보면 충격이 누적되기 마련이었다. 앞사람은 뒷사람에게 쓰러질 수밖에 없었다.

"먼저 나오는 사람이 불리한 거 아니야?"

"아니야. 강한 놈은 다 이겨."

"크게 다치기도 하겠어."

"별수 있나. 저 사람들은 다치는 게 업이다. 때리고 다쳐야 먹고산다."

"저렇게 경기하다 죽기도 한대. 평생 후유증에 시달리거나."

"그것도 복이지."

"그게 어떻게 복이야."

"죽을 때까지 일할 수 있는 것도 복이다. 일복."

방문을 열었을 때는 이미 싸움이 시작된 뒤였다. 고모들은 싸우는 게 일도 아닌데 도대체 왜 이럴까. H는 한숨을 쉬다 말고 재빨리 방문을 닫았다. 잠시 거리를 유지하던 두 사람은 빠르게 서로에게 다가갔다. 고모들은 절대 텔레비전에서처럼 싸우는 법이 없었다. 머리채를 잡고 흔드는 대신 상대방을 밀치고 넘어뜨리고 주먹을 뻗었다. 방은 순식간에 링 위로 변했다. 더 나이 많은 고모가 더 어린 고모의 어깨를 밀쳤다. 더 어린 고모는 넘어지면서 더 나이 많은 고모의 멱살을 잡았다. 순식간에 두 사람이 뒤엉키며 어느 것이 누구의 손과 발인지 구분하기 어려워졌다. 고루 엎치락뒤치락하며 서로를 마구 때렸다. 상스러운 욕설이 자주 튀어나왔고 악에 받친 비명도 틈틈이 울려퍼졌다. 싸움을 말리려던 H를 막아선 이는 엄마였다. 링 위에 선수 한 명이 추가되었다. 서로의 손과 발도 구분하지 못할 정도로 이성을 잃은 고모들은 새로 합류한 엄마의 팔다리도 무자비하게 뜯어내기 시작했다. 세 사람은 서로의 주먹에 맞으면서 계속 소리를 질렀다.

할머니와 보던 WWE 경기는 나름 규칙과 약속이라도 있을 텐데 고모와 또다른 고모와 엄마의 싸움에는 규칙이 없었다. 언젠가는 있었을지도 모른다. 두 사람 사이의 싸움 규칙 같은 것들. 그것들은 언제 없어지게 되었을까. 동기도 없었다. 이 싸움이 어떻게 시작되었더라. 남편을 잃은 첫째 고모에게 모진 말을 한 둘째 고모 탓일까. 아니면 더 오래전에 둘째 고모 아들의 죽음에 모진 말을 한 첫째 고모 탓일까. 아무리 기억을 되짚어도 마땅하게 떠오르는 것이 없었다. H의 엄마는 왜 이 싸움에 끼어들게 되었을까. 둘째 고모가 죽은 자식보다는 병신인 자식이 낫다고 말했을 때부터? 그렇다면 죽은 사람들 때문인가. 죽은 사람들이 있어서 살아남은 사람들이 이렇게 싸우고 있나. 무엇을 위해서? 죽은 사람을 위해서? 일복도 복이라는 할머니의 말에 따르면 다들 일하다 죽었으니 호상 아닌가. 싸울 일이 뭐가 있지? H는 끊임없이 이어지는 물음에 어지럽고 울렁거렸다. 코에서는 자꾸만 육개장 비린내가 났다.

"그만해."

아무도 멈추지 않았다. H의 말을 듣는 사람은 아무도 없었다. 저마다 서로에게 뒤엉켜 자기가 하고 싶은 말만 계속했다.

"형부가 왜 그렇게 일했겠어. 회사에서 사람들이 그렇게 못 살게 구는데 그만두지도 못하고 꾸역꾸역 나가서 일하다 지금 어떻게 됐냐고. 그놈의 돈. 돈. 돈 씐 귀신처럼!"

둘째 고모가 첫째 고모 위에 올라타 소리쳤다. 둘째 고모는 최근 몇 년 동안 유도를 배웠다. 답답한 가슴을 어떻게 해야겠다며 한동안 취미 찾기에 몰두한 결과였다. 덕분에 엉겨붙어 있는 상황은 둘째 고모에게 절대적으로 유리했다.

"네 아들이 왜 죽었겠어. 공부시켰으면 죽었겠어? 이게 다 너 때문이잖아. 너 그때 좋아했잖아. 아들 철 일찍 들어 좋다고. 일단 취직하면 그만인 거야? 그때라도 말렸어야지. 그때라도 다시 공부시켰어야지! 너는 항상 그래. 너 좋을 대로만 생각하는 게 문제야. 내가 직업이든, 직장이든 귀천이 있다고 몇 번을 말했어."

첫째 고모가 버둥거리며 둘째 고모의 멱살을 잡으며 말했다. 둘째 고모의 상체가 첫째 고모의 손에 맥없이 흔들렸다. 첫째 고모는 귀향한 뒤로 꾸준히 농사를 짓고 있었다.

"이 미친 것들이 보자 보자 하니까."

엄마가 두 사람의 팔을 하나씩 뜯어내며 중얼거렸다. 그러나 두 사람 중 누구의 팔도 흔들리지 않았다.

"그만 좀 해요."

누군가가 둘째 고모를 발로 차 떼어냈다. 쭉 미끄러진 둘째 고모는 버둥대다 H의 발을 걸어 넘어뜨렸다.

"미친 것? 언니가 지금 우리한테 미친 것들이라고 할 처지예요? 어딜 감히. 언니도 마찬가지잖아. H 저렇게 된 거……"

첫째 고모의 말이 채 끝나기 전에 H와 눈이 마주쳤다. 첫째 고모는 말끝을 흐렸고 H는 나름대로 넘어지지 않기 위해 몸의 균형을 잡으려 애썼지만 기어코 중심을 잃고 넘어졌다. H는 급한 대로 바닥이라도 짚어보려 손을 뻗었다.

아주 오랜만에 H는 자신의 손등을 보았다. 한동안 손을 꺼내놓지 않았던 탓이다. 늘 주머니에 넣거나 주먹을 쥐고 있었다. 오랜만에 보니 꽤 낯설었다. 내내 딴생각을 하다 짚은 손에 힘을 주지 못했다. H의 오른팔이 힘없이 구부러져 그대로 바닥에 코를 찧었다. 하루에 두 번이나 코를 찧으니 죽을 맛이었다. 코가 너무 얼얼해서 말도 나오지 않았다. 대신 눈에 파스가 들어간 것처럼 따가웠다. 피가 몰리는 것 같더니 이내 눈물이 차올랐다. 감각이 없는 코 아래로 무언가 흐르는 느낌이 들어 재빨리 손을 들어 코를 막았다. 막지 못한 액체들이 바닥으로 떨어지기 시작했다. 눈물과 피가 동시에 떨어졌고 농도가 다른 두 액체는 얼룩을 만들며 한데 뒤섞였다. H는 고개를 들지도 않은 채 소리쳤다. 제발 그만 좀 해요. 여전히 아무도 듣지 않았다. H를 넘어뜨린 둘째 고모는 곧장 몸을 일으켜 다시 엉겨붙은 엄마와 고모에게로 달려들었다. 세 사람은 그러고도 한참 동안 뒤엉켜 몸싸움을 했다.

H는 피로했다. 자신이 무엇을 하면 좋을지 알 수 없었다. 서로를 비난하며 쏟아내는 말들 사이에서 혼자 어떻게 감내해야 할지 알 수 없었다. 저마다 운이 나빴나? 확신할 수 없었다. 으레 그런 일들은 일어난다. 그럼 하지 말아야 할 일을 해서 그렇게 되었나? 조심하지 않아서? H는 모르겠다고 생각했다. 농수로에 빠져서, 병을 얻어서, 출장길에, 출근길에, 퇴근길에, 기계에 끼어서, 작업 차량에 치여서, 혼자 남아 있어서, 자재에 깔려서, 절연장갑 대신 목장갑을 받아서, 잠시도 기계를 멈추지 않아서, 너무 더워서, 시간을 맞추려다, 과로에 시달리다, 시키지도 않는 일을 하는 바람에 죽었을 뿐이다.

사람은 결국 죽기 마련이니까. 마을에 재수 없는 기운이 퍼져 줄초상이 난 것이 아니다. 저런 이유로 죽지 않았더라도 각자 다른 이유로 죽었을 것이다. 그러면, 그러면 결국에는 그 많은 사람은 왜 죽었나. 아니다. 이것은 분명히 다른 문제다. 다른 문제가 있을 것이다. 이상한 규칙 같은 것들. 잘못된 시스템. 그런 문제가 있을 것이다. 문제. 문제.

H는 입 주변으로 흐르는 피를 대강 손등으로 비벼 닦았다. 일어서려다가도 무기력해졌다. 아무도 H를 일으키려 하지 않았다. H는 다시 온몸에 힘을 빼고 드러누웠다. 어떻게 생각해야 더 살아갈 수 있을지 가늠하지 못했다. 그래. 누군가가 H에게 이렇게 말했다. 생각을 너무 많이 하면 살 수가 없다고. 질문이 너무 많으면 피곤하다고. 너무 많이 기억하면 삶이 고달파진다고.

H는 다시 생각했다. 아니다. 그런 일은 없었다.

작가의 말

첫 직장을 얻고 나서 가장 먼저 한 일은 태권도장에 등록한 것이었다. 어릴 때부터 제일 배우고 싶었던 운동이었으니까. 즐거움에 취해 단 하루도 빠지지 않고 부지런히 출석했다. 근 육통에 시달려도, 약속이 생겨도 끝내 빠지지 않았다. 괴롭고 즐거운 것이 왜인지 멈출 수 없는 탓이었다. 게다가 타고나기를 뻣뻣하게 태어나 수업을 따라가기 위해 무던히 애썼다. 영상을 보며 선행학습을 하기도 하고, 좁은 자취방에서 이리저리 움직이며 유연성을 키우고, 매일 복습하기를 반복했다. 덕분에 이르게 치러진 첫번째 승급 심사에서 당당하게 노란띠를 거머쥐었다. 한 달을 채 채우지 않고도 노란띠를 받았다는 것은 조금 더 애썼다는 뜻이었고 배운 것을 틀리지 않았다는 증거였다. 흥분을 감추지 못하고 노란띠를 고이 접어 집으로 돌아오던 길을 기억한다. 축축하게 젖은 티셔츠마저도 온전한 성취감과 즐거움으로 느껴졌다.

나에게 소설은 그때 손에 쥐었던 노란띠와 같다. 하고 싶어 시작했고 뒤늦게 흐름을 따라가기 위해 진땀을 뺐다. 어렵고도 재미있는 것. 고되지만 매일 하고 싶은 것. 축축한 티셔츠처럼 찝찝하고도 개운한 것. 애면글면 매만지다가도 하루아침에 품에서 떼어낼 수 있는 것. 언젠가 남몰래 고치더라도……. 이런 모순들 사이에서도 대체로 성취감과 즐거움으로 남아 있는 것. 쓰는 일이 덜컥 무서워져 도망갔다가도 끝내 돌아오고 말았다. 돌이켜보면 소설의 면면들은 언제나 세상사로부터 뒷걸음치지 않도록 도왔다.

등단하고도 첫 작품집을 내기까지 긴 시간이 걸렸다. 오랜 시간 좌충우돌하는 모습을 곁에서 기다려준 가족들에게 고맙다고 말하고 싶다. 항상 손이 많이 가는 제자를 염두에 두고 가르쳐주신 최기우 선생님, 굽은 어깨 펼 수 있도록 용기를 북돋워준 김정경 · 이은선 작가님, 흔쾌히 나와 함께 공부해준 전국팔도 친구들, 언제나 처음 원고를 읽어주는 진목, 열등감과 무력감과 근거 없이 이상하고 뜬금없이 생생한 기운을 내던 나를 북돋워준, 내내 보고 지냈거나 그간에 얼굴을 맞이하지 않게 된, 선생님이라고 부른 적 있는 모두에게 감사드린다. 마지막으로 낯선 작가에게 첫 작품집 출간의 기회를 주신 교유당 신정민 대표님과 편집하느라 애써주신 박민영 편집자님께도 감사의 말을 전한다.

　여러 어른과 친구들에게 받은 환대와 사랑을 나눌 수 있는 사람이 되기를 꿈꾼다. 뒤돌아 도망치는 사람이 되지는 않겠다. 보고 들은 어려움과 혐오와 불의에 끝내 저항할 용기를 낼 수 있는, 때맞은 글을 쓰는 작가가 되고 싶다. 다음이 있다면 그때는 소망을 이룬 뒤여서 다른 소망을 떠올릴 수 있기를 바란다.

2025년 10월

최아현

최아현

1995년 익산에서 태어났다. 2018년 〈전북일보〉 신춘문예에 단편소설 「아침 대화」
가 당선되며 작품 활동을 시작했다. 무언가 배우는 일이 큰 즐거움이다. 2025년에
는 수영과 탐조를 새로 배우기 시작했다.

밍키

초판 1쇄 인쇄 2025년 11월 17일
초판 1쇄 발행 2025년 11월 27일

지은이 최아현

편집 박민영 정소리 ㅣ 디자인 윤종윤 이주영
마케팅 김다정 박재원 ㅣ 저작권 박지영 형소진 주은수 오서영 조경은
브랜딩 함유지 김은솔 박민재 이송이 박다솔 조다현 김하연 이준희 복다은
제작 강신은 김동욱 이순호 ㅣ 제작처 영신사

펴낸곳 (주)교유당 ㅣ 펴낸이 신정민
출판등록 2019년 5월 24일 제406-2019-000052호

주소 10881 경기도 파주시 회동길 210
문의전화 031) 955-8891(마케팅) 031) 955-2692(편집) 031) 955-8855(팩스)
전자우편 gyoyudang@munhak.com

홈페이지 www.gyoyudang.com
인스타그램 @gyoyu_books 트위터 @gyoyu_books 페이스북 @gyoyubooks

ISBN 979-11-24128-11-4 03810